기숙사 옆 송차 카페

책과나무 장르문학 컬렉션_1

기숙사 옆 송차 카페

초판 1쇄 인쇄일 2024년 11월 22일
초판 1쇄 발행일 2025년 01월 10일

지은이 김재희
펴낸이 양옥매
편 집 홍민지
디자인 표지혜
마케팅 송용호

펴낸곳 도서출판 책과나무
출판등록 제2012-000376
주소 서울특별시 마포구 방울내로 79 이노빌딩 302호
대표전화 02.372.1537 **팩스** 02.372.1538
이메일 booknamu2007@naver.com
홈페이지 www.booknamu.com
ISBN 979-11-6752-546-8 [03800]

행복한 일이 생길 거예요

기숙사 옆
송차 카페

김재희 지음

송미선 50세

송차 카페 사장. 홀로 딸 유다경을 키웠다. 딸이 대학에 입학해 기숙사에 들어가자, 다경의 기숙사 옆으로 카페를 이전했다. 그러다 유방암 판정을 받아 수술 후 항암 치료를 위해 송차 카페를 폐업하려 한다. 차분하고 조용하며 인내심이 있다. 유머러스한 분위기도 만든다.

유다경 20세

국문과 2학년, 소설가 지망생. 엄마가 기숙사 옆에 카페 낼 줄은 몰랐다. 하지만 엄마가 요양병원에 입원하자 발등에 불이 떨어진다. 망해가는 엄마의 카페를 살리기 위해 기숙사 친구들이자 알바생들과 함께 송차 카페 리뉴얼 작업에 들어간다. 엉뚱한 상상을 즐기지만 친구들을 조용히 이끄는 천상 리더.

이훈민 20세

식품영양학과, 영양사와 셰프 지망생. 어머니가 돌아가시고 아동보호시설에서 생활하다가 소공대학교 기숙사에 들어왔다. 어릴 적 헤어진 아빠를 미워하면서도 그리워한다. 영양사로 취직해 자립해야 하지만, 유학길에 올라 셰프가 되고 싶다는 꿈을 가지고 있다. 진지하고 사려 깊은 성격으로, 송차 카페의 식음료 개발에 앞장선다.

오정음 20세

간호학과. 졸업 후 재활의학과 간호병동에서 근무하고 싶어한다. 피피티 발표의 달인, 도박방지 동아리 수장이며 활달하고 할 말은 하는 성격이다. 꼰대를 싫어하고 더러운 걸 못 참는 잔소리 대마왕이지만 바른말만 한다. 송차 카페에서 대박을 터뜨려 라식 수술과 쌍꺼풀 수술비를 마련하려 한다. 안 해본 알바가 없다. 알바계의 고인물. 과거에 사기당했던 이력을 철저히 숨긴다.

경이준 20세

경제학과, 아이돌 지망생. 잘생긴 외모와 날씬한 몸매. 아이돌을 꿈꾸지만 오디션에서 번번이 떨어진다. 유튜버와 인플루언서를 겸하고 있다. 형편이 빠듯한

집 아들인지라 옷이 시원찮아 떨어지는 것으로 판단, 명품을 사고자 송차 카페 경영에 합류한다. 활달한 성격에 늘 분위기 메이커를 담당하지만, 솔직히 춤 실력은 아직 프로급은 아닌 듯. 하지만 귀엽고 상냥하다.

✽ 중장년 라이더스들

이정성 실장 50세

송차 카페 건물 지하에 동풍 라이더스 사무실을 낸 실장이다. 사무실을 차리기 전에는 오랜 기간 해외에서 살았다. 가족이 있다는데 여러모로 비밀이 많다. 조용하지만 가끔 술을 마시면 속엣말을 한다. 라이더스 리더로 조직을 이끈다.

강모솔 기사 35세

모을 모, 거느릴 솔. 우두머리가 되어 사람을 모으고 거느린다는 멋진 뜻이 무색하게, 이름에 현실이 반영되기라도 한 듯 모태 솔로다. 얌전하고 꼼꼼한 성격에 독서나 기타 연주를 즐긴다. 〈진정 솔로〉같은 연애 프로그램에 나가서 좋은 인연을 만나는 게 꿈이다. 하지만 지원해도 번번이 안 된다. 그러던 어느 날 방송국에서 연락이 오는데…….

은수경 기사 38세

이혼 후 싱글맘으로 유치원생 아들 재준을 기르는 여자 기사. 배달이 심심하다면서 스쿠터를 탈 때는 청바지를, 할리데이비슨을 탈 때는 가죽 재킷을, 자전거를 탈 때는 레이스 블라우스를 입고 낭만적으로 배달을 한다. 강모솔에게 현실적인 연애 조언을 해주다가 정이 든다. 하지만 아이가 있기 때문에 '연애 금지'가 생활 모토다. 그녀는 과연 마음을 열 수 있을까?

어르신 기사 최봉주 64세

매일 무사고를 기원하면서 오토바이에 폴더 인사를 하는 재미있는 꼰대 어르신. 헬멧을 쓰고 카페에서 배달 음식을 기다리다가 카페 매니저 오정음과 자주 다툰다. 뒷골목에서 담배를 태우다 오정음과 마주쳐도 서로 소 닭 보듯 모른 척한다. 꼰대 기질이 있지만 익살스럽고, 귀여운 구석도 많은 어르신.

새로운 시작, 쌉쌀한 일상이 건네는

부드러운 블랙 밀크티 한 잔

1월 초, 쌀쌀한 겨울바람이 부는 가운데 송미선은 미니 봉고차 트렁크에 옷가지와 소지품을 가득 실었다. 3개월의 입원 생활은 걱정 되지만 치료를 위해 어쩔 수 없었다. 항암 치료를 위해 요양병원에서 몸조리를 하면서 치료에 전념하기로 했다.

유다경은 엄마 송미선의 입원 수속을 밟기 위해 함께 암 전문 요양병원에 방문했다. 송미선은 트렁크를 끌고 다경은 보스턴백과 쇼핑백을 들었다. 프런트에서 병실을 배정받고 입원복을 받아 든 송미선은 눈물을 흘렸다.

"다경아, 엄마 치료는 괜찮은데 네가 혼자 기숙사에서 학교 다닐 걸 생각하니 마음이 아프다. 내가 인터넷으로 반찬 보내줄게."

"엄마, 괜찮다니까. 송차 카페는 문 닫는 거지?"

"그래. 내가 훈민이한테도 말해 놨으니까, 오늘까지 하고 당분간 휴업 들어갈 거야."

"알았어. 어서 입원실 들어가. 난 가볼게."

"여기 차 키. 건강해야 해. 다경아."

"엄마가 더 건강해야 해. 내가 주말마다 전화할게."

"그래, 고맙다."

다경은 엄마가 입원실로 들어가는 뒷모습을 보면서 주차장으로 향했다. 코로나바이러스 주의로 입원실 면회는 안 되었다. 그간의 일들을 돌아보았다. 다경은 지방에 있는 대학에 다니느라 기숙사에 입소했다. 엄마는 옆에서 챙겨주고 싶다면서 부득불 기숙사 근처에 작은 카페를 차렸다. '티소믈리에' 자격증을 따서 카페에서 알바만 하던 엄마가 처음으로 자영업을 하게 된 것이다. 아빠 돌아가시고 엄마는 연금과 보험금 등으로 생활을 꾸려 왔었다. 넉넉하지는 않지만 그래도 생활은 되었다. 하지만 가계가 점차 빠듯해지자 가게를 낸 것이다.

기숙사에서 전철역까지 가는 셔틀버스 중간 정류장에 위치한 카페는, 근처 아파트 단지와 회사 건물 몇 개가 전부인 한적한 곳이었다. 장사가 잘될 리가 없었다. 게다가 엄마는 바쁜 게 싫다면서 배달 서비스를 하지 않았다. 지나가다 들어오는 손님은 적고 단골도 많지 않았다. 적자가 6개월 넘게 지속되던 중, 엄마가 암 진단을 받아 가게를 잠정 휴업하게 된 것이다. 다경은 이런저런 생각을 하면서 병원에서 카페로 차를 몰았다. 한 시간이 걸려 드디어 카페에 도착했다. 카페는 아파트 입구의 상가 건물 1층에 있었다. 온실처럼 큰 통창 유리가 돋보이는 '송차 카페'는 입구에 이렇게 적혀있었다.

홍차, 자스민티, 우롱티를 티소믈리에가 정성스럽게 만
들어 드립니다.

다경은 주차하고 가게로 들어가면서 OPEN 팻말을 뒤집
어 CLOSED로 바꾸었다.

엄마가 안 계셔도 카페는 여전했다. 티소믈리에 자격증 액
자가 붙어 있는 벽에는 소박한 소품 액자들이 줄지어 있다.
스투키, 산세베리아, 뱅갈고무나무, 금귤나무 등 개업 때 들
어온 화분들은 엄마가 정성껏 키워 아직도 잎이 파릇파릇했
다. 자그마한 프런트에는 쌍화차, 자스민티, 홍차, 생강차 등
의 각종 차와 커피 그리고 레모네이드 등의 음료 메뉴가 적
힌 메뉴판이 붙어 있다. 그리고 에그파이 등 각종 간식들이
미니 온장고에 들어 있다. 엄마의 레시피 대로 만들고 재고
를 잘 관리해서 적당한 개수가 들어 있다.

카페의 한쪽 구석에는 엄마가 좋아하는 작가들의 에세이
와 소설 그리고 테이블에는 앙증맞은 인테리어 소품이 놓여
있고 체크무늬 쿠션과 방석들이 의자에 있다.

프런트에서 훈민이 포스기를 들여다보다가 다경에게 인사
했다. 키가 크고 훈훈하게 생겨 '훈민'이라는 이름과 잘 어울
린다고 손님들이 종종 말하곤 했다. 훈민은 송차 카페 1호 알
바생이자 유일한 알바생이었다. 다경이 다니는 소공대학교

식품영양학과 1학년으로, 다가오는 3월에 다경과 같이 2학년에 올라간다. 다경은 국문학과로 종종 인터넷 소설을 써서 올리면 훈민이 읽어보고 모니터링을 해주기도 했다.

"사장님은 괜찮으셔?"

"응, 아직 항암까지 시간이 있으니까. 시작하면 힘들지."

"카페는 정말 오늘까지 영업하는 거야?"

"응."

훈민은 말없이 티를 만들었다. 자스민티에 우유를 넣고 유리막대로 저은 다음 흑당 시럽을 첨가하고 타피오카를 넣었다.

"밖에 춥지? 자."

"고마워, 훈민아."

"그나저나 오늘부터 새로 알바 구해야 하는데 이 근처에는 가게가 별로 없어서 걱정이다. 내 사정 알잖아, 다경아."

훈민은 아동보호시설에서 나와 기숙사에 입소한 자립 준비 청년이다. 어머니가 중학교 때 돌아가시고 어릴 적 부모님의 이혼으로 헤어진 아빠와는 한 번도 만난 적이 없다. 학비나 의료비 등은 국가 지원을 받았지만, 기본적인 생활비는 스스로 벌어야 했다. 대학교 1학년을 다니면서 6개월 넘게 송차 카페에서 알바한 돈으로 생활했지만 이제 다시 알바를 찾아야 했다.

사정이 딱하기는 다경도 마찬가지였다. 엄마가 입원하면서 통장을 맡겨 놓으셨는데 잔고를 살펴보니 다달이 은행 이자에 가게 월세를 내기도 힘들어 보였다. 엄마 병원비는 보험금으로 지급되지만 가게 관련 경비나 다경의 학비만 충당하기에도 빠듯했다. 국가 장학금을 신청해 두었지만 앞으로 용돈을 스스로 벌어야 한다.

'어떻게 한다….'

다경은 가게를 훈민에게 맡기고 상가 2층에 있는 집으로 올라갔다. 엄마는 송차 카페를 차리면서 작은 빌라를 얻어서 혼자서 사셨다. 기숙사에 있는 다경은 주말에는 이 집에 와서 엄마와 같이 밥을 먹고 공부도 했다. 깔끔하게 치워진 엄마의 빈방을 둘러보다 자신의 방을 보았다. 침대나 바닥에 놓인 옷가지와 화장품, 소지품을 모두 제자리에 두었다.

다경은 1층으로 내려가 카페 옆 분식점에서 김밥 두 줄을 사서 훈민과 먹었다. 어차피 손님도 없고 오늘은 이제 문을 닫을 준비를 해야 한다. 김밥을 입에 넣은 다경이 한숨을 쉬었다. "엄마는 괜찮다고 하시는데, 걱정이다. 진짜."

이때 카페 문이 열리고 하얀 골덴 패딩에 골무 모자를 쓴 오정음이 들어왔다.

"다경아, 마침 있었네. 셔틀 기다리다가 너무 추워서 밀크티라도 한잔 마시려고."

"어, 어서 와."

정음은 블랙 밀크티를 주문하고 자리에 앉아서 간호학과 전공책을 꺼내 읽었다. 중고 거래 어플에서 싸게 산 것이었다. 빨간 줄이 그어져 있었지만, 그럭저럭 깨끗했다. 훈민과 다경은 다시 고민하면서 대화를 나누었다.

"다경아, 확실히 내가 여기서 알바하면서도, 사장님이 알바비를 주실 수 있을까 싶을 정도로 손님이 안 오긴 했어. 여기가 아무래도 유동인구가 적잖아. 셔틀 타고 올라가면 기숙사에도 카페가 있고. 아파트 단지 내 상가에도 카페가 있으니까."

다경이 뭔가 생각하다 입을 열었다.

"엇, 훈민아. 우리 배달 서비스를 해보면 어떨까?"

"응? 송 사장님이 배달 힘들다고 안 하셨잖아."

"어차피 지금 1월이니까 2월까지 방학이라 너랑 나랑 할 일도 별로 없고 둘이서 운영을 해보는 거야. 엄마는 병원에 계시니까 모를 거고. 안 되겠다 싶으면 알바생을 또 영입하고. 혹시 알아? 배달 서비스가 잘 되면 엄마 퇴원하시고 나서 완전히 마음을 바꾸실지…."

다경의 뒤 테이블에 앉아 있던 정음이 눈을 크게 뜨고 맞장구를 쳤다.

"그래, 그래. 내가 보기에 이 장소는 유동인구가 많지 않으니까 디저트랑 음료를 배달하는 게 좋을 것 같아. 훈민 님, 나 알죠? 낫대박 동아리 회장 오정음."

훈민도 간호학과에 다니는 정음을 알고 있었다. 다경의 기숙사 룸메이트이자 절친으로 카페에도 종종 왔었다. 본인이 소개했듯 학교 내 도박방지 동아리 낫대박 동아리의 회장이기도 했다. 정음이 말을 이었다.

"나도 정말 정말 알바비가 필요한데 나도 끼워주면 안 돼? 열심히 할게."

훈민과 다경, 정음은 돌아가면서 시선을 마주쳤다. 모두 얼굴에 활기를 띠고 입가에는 미소를 올렸다. 다경이 큰 소리로 말했다.

"한번 해볼까? 어떻게 될지 모르잖아. 유튜브 보니까 앱 깔고 신청만 하면 배달 들어오는 것 같던데."

훈민이 고개를 저었다.

"아니 메뉴판에 메뉴 사진을 올려야 하고 리뷰에 댓글도 달아야 하고 할 일 많아."

다경은 정음이 카페를 나가고 나서도 계속 훈민과 의논하며 계속 고민했다.

그날 저녁 기숙사로 돌아온 다경은 정음에게 송차 카페를 다시 열기로 결심했다고 알렸다. 정음은 다경의 말을 듣고 가슴을 쓸어내렸다. 어쩌면 날린 돈을 만회할 기회가 생긴 것이다. 사실 그간 편의점 야간 알바로 1년 동안 일하면서 모은 돈을 리딩방에서 사기를 당하는 바람에 통째로 날렸다. 리딩방 광고 문자를 본 게 화근이었다. 주식 투자처럼 선물로 돈을 불릴 수 있다기에 500만 원으로 시작했다. 주변에서 주식으로, 코인으로 돈을 벌었다는 얘기를 많이 들어서 시작한 일이었다.

오픈 채팅방에서 '강 실장'이라는 방장의 의견에 따라 올려, 내려를 결정하고 그에 맞게 배당받는 구조였다. 처음에는 돈을 벌었다. 그런데 다음날 4시간 만에 100만 원을 잃었다. 정음은 두려움에 남은 400만 원을 되찾으려 했지만 찾을 수 없었다. 나중에 경찰에서 연락이 와서 나가보니 그 채팅방에서 4명 정도가 피해자이고 나머지 구성원은 모두 사기꾼과 한통속이었다. 선물에 투자하는 것도 사실이 아니고 사기꾼들끼리 짜고 치는 판에 뛰어든 대가로 500만 원을 잃은 것이었다.

처음에는 차라리 죽어야 한다고 생각했지만 이내 마음을 고쳐먹었다. 돈을 모아서 방학에 하려던 라식수술과 쌍꺼풀 수술 등을 포기했다. 정음은 어떻게든 송차 카페를 살려서 다시 달려보기로 했다. 그래야 자신의 원대한 꿈에 지장이 없었다. 간호학과를 나와서 대학병원에 취직해 열심히 직장 생활을 하다가 좋은 배우자를 만나 결혼하고, 노년에는 지역 사회 봉사에 힘쓴다는 계획. 그 계획을 실행하기 위해서는 투자 사기당한 과거 같은 것은 철저히 감추어야 했다.

정음은 다경과 함께 송차 카페 정상화 계획을 짜다가 문득 의문이 생겼다.

"그런데 다경아. 카페를 알바생 세 명이 돌리는 건 불가능해. 너도 엄마 카페니까 어깨너머로 봤을 테지만, 나도 알바를 하도 많이 해서 거의 알바의 신이잖아. 편의점이든 카페든 오전 오픈부터 4시까지, 4시부터 마감 10시까지 두 타임 알바생 2명이 필요해. 너랑 나랑 훈민이 외에도 최소 한 명은 더 있어야 해."

다경이 근심 어린 얼굴을 했다.

"응, 그런데 경비 제하고 알바비만큼 매출이 나올까 걱정이 돼서 말이지. 함부로 뽑을 수도 없고."

"어차피 우리가 사장이니까 일한 만큼이 아니라 그날그날 매출 합해서 경비랑 가게 월세 빼고 남은 돈을 넷이 나누자고 하면 괜찮을지도 몰라. 그리고 지분 사장이라고 하면 적극적으로 할 사람이 있을지도 몰라. 일단 구인해보자."

며칠 뒤 소공대학교 경제학과 2학년에 올라가는 경이준은 에브리타임 앱에 올라온 송차 카페 알바 구인 글을 읽었다.

본가에 가도 형과 누나가 있어 방 하나도 자유롭게 쓰지 못하기 때문에 겨울 방학 내내 기숙사에 있던 그는 늘 생활비에 쪼들렸다. 맞벌이를 오래 하신 부모님은 어릴 적부터 자식들에게 각자도생을 설파하셨다. 어릴 적에 시골 할머니 댁에 맡겨진 적도 있었고 서울 본가에서도 늘 스스로 용돈을 벌어서 해결했다.

부모님의 철학은 각자 생활비는 알아서 해결하라는 주의였고 성인이 된 지금 당연히 알바를 해야 했지만 일자리가 마땅치 않았다. 그런데 서울 성수동에 가면 왜 이렇게 멋진 옷들이 많은지. 이준은 인스타그램을 패션 아이템으로 시작했지만 진정한 패션 피플이 되려면 한참 멀었다. 옷이 많지 않기 때문이었다.

게다가 이준은 아이돌 지망생이었다. 주말마다 서울에 올라가 아이돌 오디션에 나갔지만 번번이 떨어졌다. 아마도 명품을 두르고 나오는 금수저 아이들에 밀린 것 같았다. 이번 방학에는 두 달 빡세게 일해서 어떻게든 명품, 빈티지 소품과 옷들을 구입해 3월부터 오디션에 다시 나가볼 생각이었다. 그러던 차에 구인 글을 본 것이다.

알바 면접 날이 다가왔다. 이준은 깔끔한 코트에 셔츠와 면 팬츠를 입었다. 좀 추웠지만 맵시있게 입어서 알바 면접에 합격하고 싶었다. 그간 오디션 보러 다닌 경험이 있어 면접은 자신 있었다. 학교 셔틀을 타고 송차 카페에 도착했다. 셔틀버스가 전철역까지 다니는 길 중간에 있어 출퇴근은 나쁘지 않을 것 같았다. 이준은 조심스레 카페 문을 열고 들어갔다.

"저기, 안녕하세요. 면접 보러 왔는데요."

이준은 알바생들만 있어 조금 놀랐다.

"어, 사장님은 어디 가셨나요?"

정음이 나섰다.

"아니요, 저희랑 면접을 보면 돼요. 소공대학교 다니신다고 서류에서 보았는데요. 우리 모두 동갑이네요. 여기 다경 님은 국문과 2학년 올라가고요. 훈민 님은 식품영양학과 2학년, 그리고 저는 간호학과 다니는 오정음이라고 합니다."

경이준이 고개를 갸우뚱했다.

"보통은 점장님이나 사장님이 직접 면접 보시지 않나요?"

이번엔 다경이 나섰다.

"저희 엄마가 여기 사장님이신데 병원에 입원하셔서 저희가 맡아서 하고 있어요. 잘 오셨어요. 면접에 합격하셨어요."

"네? 제가요?"

경이준이 놀라 되물었다. 훈민과 다경은 고개를 끄덕였다. 정음이 말을 이었다.

"오전 조 알바는 훈민 님과 다경 님이 해요. 그리고 제가 오후 마감 조인데, 한 명 더 구하려 했거든요. 서류 낸 사람이 두 명이었는데 그중에 한 명이 오늘 못 오셔서 경이준 님이 합격입니다. 가게를 리뉴얼 해야 하는데 급해서요."

다경은 프런트 구석의 컴퓨터에서 계약서를 출력해 이준에게 내밀었다. 엄마가 알바생들과 계약을 맺을 때 쓰는 서류 양식을 고쳐 써서 만든 계약서였다. 이준은 얼결에 서류를 읽고 사인했다.

"이제 직원이시니까 우리 송차 카페 리뉴얼 계획에 대해서 말할게요."

정음은 앞에 나와서 오늘부터 바로 1일 차 오리엔테이션을 하겠다고 선포했다.

이준은 긴장된 얼굴로 다경 옆에 앉았다. 정음이 진지하게 말했다.

"이제부터 여기는 직장이고 서로 협업하는 관계니까 공적 자리에서는 훈민 님, 다경 님으로 부를게요. 나도 정음 님으로 불러주세요. 아시겠죠? 이준 님."

훈민과 다경, 이준이 고개를 끄덕였다. 정음은 카페에 인테리어 소품으로 놓여있던 작은 칠판을 들고 와서 가운데 두고 설명했다.

"우리가 송차 카페를 정상화시키기 위해서 먼저 배달 서비스를 시작하기로 했잖아요. 보다시피 우리가 이렇게 회의를 하는 도중에도 매장에 손님이 한 명도 없습니다. 쉽게 말해 파리만 날리고 있다는 거죠. 하지만 배달 서비스를 한다고 성공할까요? 이준 님, 경제학과라면서요. 어떻게 생각해요?"

이준이 고개를 저었다.

"무리입니다. 요즘 자영업 어렵잖아요?"

정음이 고개를 끄덕이고 말을 이어나갔다.

"잘 아시네요. 먼저 여기 카페 유리창에 배달 서비스를 한다고 아무리 크게 써 붙여봤자 보는 사람이 없어요. 기숙사 학생들은 셔틀버스 타고 전철역으로 바로 나가니까요. 아날로그식으로 전단지를 전철역에서 돌리는 방법도 있지만 돈이 들죠. 일단 우리가 SNS 가계정을 하나씩 파서 학교 학생들을 팔로우하면서 카페를 홍보하는 방법도 있고, 에브리타임 앱 자유게시판에 이 카페가 배달 서비스를 한다더라 올리는 방법도 있죠. 입소문으로 기숙사에 소문내는 방식도 있고요."

이준은 뒷머리를 긁적이고, 훈민은 진지한 표정을 지었다. 다경은 메모를 했다.

"그런 식으로 홍보비를 줄이고 최대한 홍보하는 방식이 있습니다."

정음은 칠판에 '1. SNS 나 에브리타임 앱, 입소문'이라고 적었다.

이준이 손을 들었다.

"홍보방식을 좀 더 업그레이드 하기 위해 인플루언서나 영향력 있는 유튜버한테 돈을 지불하고 광고하는 게 어때요?"

정음은 고개를 저었다.

"지금 이준 님은 잘 모르시는 게 있어요. 사실 송차 카페는 다경 님 어머니이신 송 사장님이, 카페 영업을 중단하셔서 몰래 조용히 운영해야 하는 상황입니다. 그래서 당장 경비를 쓸 수는 없어요. 재료비도 급한 대로 다경 님이 사장님이 생활비로 주신 돈을 땡겨 쓰고 나중에 갚으려고 하는 중이죠. 자 두 번째 안건은 바로 협업입니다."

이번에는 다경이 앞으로 나와서 도왔다. 칠판에 '2. 협업'이라고 적었다.

정음이 말을 이었다.

"우리가 배달 서비스를 하기 위해서 배달 기사님들과 협업이 정말 필요합니다. 왜냐, 여기 소도시는 서울과 상황이 많이 다르기 때문입니다. 일단 배달 기사가 적고 여기서 배달을 해봤자 기숙사나 아파트가 고작입니다. 번화가에서 배달하는 게 훨씬 더 횟수도 많고 거리가 멀어지면서 추가비도 나올 수 있죠. 게다가 우리 배달 서비스는 기사님들이 응해 주시지 않으면 바로 아웃입니다."

훈민과 다경이 걱정스럽다는 얼굴로 고개를 끄덕였다. 정음이 말을 이어갔다.

"그래서 말인데요. 우리 송차 카페가 있는 건물 지하에 동풍 라이터스라는 사무실이 있는데, 배달 기사님들 사무실이 더라구요. 협업을 위해 같이 찾아가 보길 권하는 바입니다!!"

정음은 말을 마치고 숨을 골랐다. 협업을 강조하다 보니 마지막 문장은 웅변 연사처럼 말하였다. 다경이 이어서 말했다.

"자자 이제 다들 병원으로 보건증 검사를 하러 갑시다."

이준이 눈을 동그랗게 떴다.

"네? 검진이요?"

"네. 우리도 보건증 따려면 마침 정기 검진받아야 해요. 보건소에서 해도 되는데 병원이 더 가까우니까요. 요식업에 종사하려면 보건증이 있어야 해요. 전염병 같은 거 있는지 알아보는 검사니까 부담 없이 가도 돼요."

그들은 다경이 모는 미니 봉고를 타고 아파트 입구 근처에 있는 검진 전문 병원으로 가서 검사를 받았다. 검진비를 수납하고 폐결핵이 있는지 확인하기 위해 엑스레이 검사를 하고 난 뒤 면봉과 작은 통을 하나씩 받았다. 이준이 훈민에게 물었다.

"면봉은 뭐죠?"

"아, 일명 은어로 똥꼬 검사라고 하는데 장티푸스균 유무를 알아보기 위한 거예요. 항문에 넣고 이 통에 넣으시면 됩니다."

"아하, 알바 후기에서 봤는데, 이게 그 검사군요. 알았습니다. 훈민 님."

이준과 훈민도 모든 검사를 마치고 병원을 나왔다. 나와 보니 다경과 정음이 병원 옆 카페에서 크로플과 음료를 사서 먹고 있었다. 정음은 간식을 나누어 그들에게 맛보게 했다.

"배달 앱을 열어보니 이 카페가 이 근처에서 배달 서비스가 가장 활발하고 리뷰도 많고 평점도 높더라고요. 이런 프랜차이즈는 간식으로 승부를 보는 편인데, 크로플 맛은 어때요?"

이준이 조금 먹다 남기고 고개를 저었다.

"난 다이어트 중이라 많이 먹을 수 없어요."

"엥? 지금도 엄청 마른 것 같은데."

"사실 주말에 오디션 보러 서울 가거든요. 이번에 JYP 오디션 신청해 놨어요. 그 오디션까지만 보고 잠깐 쉬었다가 3월부터 다시 보려고요."

정음이 눈을 둥그렇게 떴다.

"아이돌 오디션 보는 거예요? 이제 대학교 2학년 올라가는데… 살짝 늦은 거 아니에요?"

이준이 한숨을 쉬고는 고개를 저었다.

"그래도 늦었다고 생각했을 때가 가장 빠른 거잖아요. 전공은 경제학과지만 케이팝 댄스를 너무 좋아하고 노래를 좋아해서요. 돈을 좀 더 모으면 정식으로 보컬 레슨도 받을 겁니다."

"우와, 춤 고수 아니신가 모르겠네요. 하지만 제가 일단 매니저를 맡은 입장에서 우리 송차 카페 영업에 전심전력을 기울여 주실 것을 당부드립니다. 아시잖아요. 우리 긴급한 거."

정음은 눈을 크게 뜨고 좌중을 보면서 말을 이었다.

"우리는 지금 지분 사장이잖아요. 사장님이 자리를 비우신 두 달간 배달 서비스로 바짝 돈을 벌어서 경비를 제하고 25퍼센트씩 나누어 가져가기로 했다는 거 잊지 마세요."

다경과 훈민, 이준은 눈을 크게 뜨고 고개를 끄덕였다.

"이번 주말에는 오디션이 있다고 하시니 어쩔 수 없지만 앞으로는 그렇게 시간이 날지는 모르겠어요. 카페를 매일 매일 돌리기로 약속했잖아요. 다들 돈이 무척 필요한 상태이고요."

다경이 중재하듯이 나섰다.

"자자, 어서 송차 카페로 가요. 훈민 님이 개발하는 간식 메뉴와 음료 사진을 찍어서 메뉴를 만들어야 해요. 어서요."

그들은 다경이 모는 미니 봉고에 올랐다. 가는 길에 시장에 들렀다. 식자재 마트, 조리도구 가게에 들러 필요한 재료와 기구를 샀다. 일단 다경이 엄마의 통장에서 학자금에 필요하다고 말한 후 경비를 인출해 사용했다. 나중에 매출액에서 경비를 빼기로 했다. 배달 서비스를 새롭게 시작하고 카페 인테리어도 심플하게 바꾸기로 했다. 그리고 새로운 시그니처 메뉴로 메뉴판을 만들기 위해 카페 문을 임시로 닫았다.

정음은 카페를 리뉴얼 하기 위해 고민했다. 〈손대면 핫플! 동네 멋집〉 같은 TV 프로그램을 보면서 카페에 있는 낡은 책이나 화분을 다경의 집에 올려다 놓기도 했다. 그리고 예쁘게 디자인한 새 메뉴판을 만들 준비를 했다.

한편, 훈민은 다경과 함께 본격적으로 식음료 개발을 했다. 음료도 케이푸드 열풍에 맞게 홍삼이나 쌍화차 등 전통음료를 활용해 홍삼 에이드, 아이스 쌍화차를 만들어 시음했다. 음식을 멀리한다는 이준의 입맛에 맛있으면 모두를 만족시킬 수 있을 것 같다는 생각에 시식은 이준에게 부탁했다. 훈민은 고구마를 구워서 각종 견과를 넣고 믹서에 갈았다. 이것을 우롱차 베이스에 넣고 유리막대로 저어준 다음 글라스 머그에 붓고 허브로 장식했다.

"시음해 봐요. 견과류를 곁들인 군고구마 우롱티."

훈민이 내미는 음료를 정음과 이준이 맛보았다.

"음, 우유랑 메이플 시럽을 넣으면 더 달달하고 감칠맛이 날 것 같은데."

이준은 정음의 의견에 반대했다.

"아니, 좀 텁텁한 맛도 있고 무엇보다 만드는 데 시간이 많이 들어요. 배달할 때도 금방 굳어버려서 빨대로 흡입할 때 잘 안 올라올 것 같습니다."

훈민이 고개를 끄덕였다. 며칠 동안 지치지 않고 각종 음료에 송차 카페만의 시그니처를 만들기 위해 유튜브도 보고 책도 찾아가며 연구했다. 쑥이나 흑임자, 강정이나 양갱, 누룽지 등 우리나라 전통음식으로 색다른 맛을 찾아내기도 했다. 훈민과 다경, 이준과 정음은 음료와 디저트를 개발하기 위해 회의와 테스트를 거쳐서 시그니처 메뉴를 완성해 나갔다. 그리고 배달 앱 간판에 '송차 카페에서 음료를 배달해 마시면 행복해집니다'라는 캐치프레이즈를 적기로 했다.

며칠 후 정음이 오늘은 디데이라고 했다. 배달 서비스 협업을 위해 라이더스 사무실을 방문할 참이라며 훈민과 다경에게 음료와 디저트를 만들어달라고 했다. 잠시 후 그들은 쟁반에 음료와 디저트를 올려서 조심스레 상가 계단으로 향했다. 지하로 향하는 허름한 계단으로 내려가니 '동풍 라이더스'라고 적힌 팻말 달린 문이 보였다. 열린 문으로 다경과 훈민, 정음이 들어가자 시바견 한 마리가 컹컹 짖었다. 시바견은 몇 번 짖다가 라이더 복장을 한 연세가 지긋한 어르신 한 분이 달래자 조용히 자리에 앉았다.

작은 사무실에는 의자와 책상만 있었다. 책상 위에는 컴퓨

터와 서류 파일들이 있었고 편안한 의자들에는 같은 디자인의 방석이 있었다. 나이 든 어르신, 호리호리한 체구의 기사 그리고 키가 큰 기사가 있었다. 입구 쪽 테이블에 배달 기사들이 들고 다니는 단말기, 헬멧, 보조 배터리 등이 빨간 불빛이 반짝이며 가지런히 놓여있었다.

"누구셔들."

희끗희끗한 머리에 코가 동그랗고 눈도 동그란 작은 체구의 어르신이 쟁반과 접시를 든 그들에게 다가와 물었다.

"저희는 여기 상가 건물 1층의 송차 카페 직원입니다."

"아하 보긴 본 것 같은데, 거기는 배달 서비스하는 데가 아니라 들어가 보지는 못했지. 흠흠."

정음이 앞으로 나섰다.

"어르신. 저희가 이번에 시그니처 메뉴를 만들어서 시식을 부탁드리러 왔거든요."

그러자 어르신이 뒤를 쳐다보고 누군가를 불렀다.

"재준이 엄마, 와서 1층 카페에서 가져온 것 좀 시식해 봐. 내가 뭘 아나. 나이가 들어서리…. 대학생들이 카페를 새로 열었다나 뭐라나."

정음이 큰 접시를 들고 덮개를 열면서 은수경 앞에 섰다.

"한번 드셔보시겠어요? 저희 송차 카페에서 메뉴를 새로 만들었는데 시식하시라고 가져왔습니다. 어르신이 재준이 엄마라고 부르시던데, 어린아이들도 잘 먹을 수 있을지 평가 좀 해주세요.”

'재준이 엄마'라 불리는 은수경 기사는 대학생들과 마주한 순간 자신의 과거를 돌이켜 보았다. 자신도 이들처럼 대학에 다녔고 남편과 캠퍼스 커플이던 시절이 있었다. 쓰디쓴 아픔이 이어지던 시절도 있었다. 대기업에서 대리로 일하다 결혼과 출산, 육아휴직을 마치고 과장 승진을 앞두고 있었다. 하지만 인생은 그렇게 쉽게 풀리지 않았다. 남편이 바람이 난 탓에 이혼을 하게 되었고 엎친 데 덮친 격으로 인사고과에서 안 좋은 점수를 받아 승진에서 밀렸다. 수경을 모함하는 이가 있었다. 험난한 이혼 과정과 독박 육아를 겪던 시기에 누군가 그녀가 업무에 태만하다는 투서를 보낸 것이다. 알고 보니 수경의 남편과 바람을 피워 상간녀 소송을 당한 상대 여자의 짓인 게 나중에 드러났다.

수경은 회사에서 권고사직을 당한 후 상대적으로 시간 여유가 있는 배달 기사 일을 하게 되었다. 결혼 전에 산악 바이크를 몰던 취미가 있었는데 그 기술이 이렇게 쓰일 줄은 몰랐다. 배달 앱 소속 기사로 일하다가 동풍 라이더스를 차린 이정성 실장의 권유로 옮긴 것이다.

수경은 시그니처 메뉴를 시식해달라고 내미는 다경과 정음 그리고 훈민을 보았다. 18년 전 자신의 푸릇푸릇하던 대학 시절 친구 같은 아이들이 바로 지금 여기 동풍 라이더스 사무실에 와 있다. 수경은 접시에 놓여있는 디저트와 음료를 보았다. 훈민이 나서서 메뉴를 설명했다.

"저는 송차 카페의 식음료 개발 담당 이훈민이라고 합니다. 먼저 이건 누룽지 쿠키예요. 쿠키의 바삭한 식감을 돋우기 위해 누룽지를 토핑으로 올려봤습니다."

수경이 고개를 끄덕였다.

"시식 메뉴는 잘 알겠고요. 그보다, 젊은 분들이 하필 왜 노땅 라이더스 사무실에 오신 거죠?"

다경이 우물쭈물하다가 정음을 보았다.

"저…. 사실 저희 송차 카페가 1월부터 배달 서비스를 시작했거든요. 그런데 이쪽 동네에 배달 기사분이 그리 많지 않아서 랜덤으로 기사 배차를 기다리다 주문이 취소될 일도 생길 것 같아서요. 배달 주문이 들어와도 기사님이 콜을 잡지 않으면 배달이 힘들거든요. 그래서…, 여기 동풍 라이더스 사무실이 같은 상가에 있으니 만약 우리 주문 콜이 뜨면 우선 배차를 부탁드리러 온 거예요."

어르신 기사가 다가왔다.

"에헴 그런 건 연장자인 나랑 먼저 상의를 해야지."

"아, 죄송합니다. 카페 시식 메뉴 드셔보세요. 경쟁력 있는 케이푸드를 응용한 쿠키들이고 앞으로 더 개발할 거고요…."

훈민이 쿠키를 어르신 기사와 수경 그리고 뒤에 조용히 앉아 있던 강모솔 기사에게 건넸다. 그는 천천히 몸을 일으키더니 조용히 누룽지 쿠키를 들어서 맛보았다. 그는 키가 무척 컸다. 훈민보다 머리 하나는 더 있는 것 같았다. 모솔은 눈을 감았다. 쿠키가 그의 입안에서 바사삭하고 씹혔다. 훈민은 걱정스러운 얼굴로 그를 올려다보았다. 어떤 평가를 할까? 모솔은 눈을 크게 떴다.

"오 진짜 괜찮은데요? 사실 입맛이 없어 오늘도 아침 굶고 나왔습니다. 공복에 먹으면 딱이겠는데요. 제가 원래 입맛이 없어서요. 제가 맛있다고 하면 정말 맛있는 겁니다."

정음과 다경의 눈이 커져 놀란 시선으로 그를 보았다.

"음료도 드셔보세요. 쿠키에 어울리는 아이스 쌍화차를 만들어 보았어요."

"오잉, 이게 쌍화차라고요? 아이스 아메리카노인줄 알았는데. 호오."

훈민의 간청에 모솔은 빨대에 입을 가져갔다.

"오오오오, 안 텁텁하고 달달하면서 맛이 그윽합니다."

다경도 어르신 기사에게 약과가 얹어진 타르트를 건넸다.

"한번 드셔보세요, 어르신. 이건 약과를 타르트 파이 위에 올린 건데 우리 훈민 파티시에가 심혈을 기울인 케이 파이입니다. 이건 쑥을 넣어 만든 쑥 라떼예요. 드셔보세요."

"허허허허 이렇게 뇌물을 쓰면 되나. 우리끼리 결정할 순 없고 이정성 실장이라고 여기 실장이 와야 해결되는데…."

이때 검은색 가죽점퍼에 오토바이 헬멧을 쓴 중년 남성이 들어왔다. 그는 훈민과 다경을 지나쳐서 책상 자리에 앉았다.

"이 실장! 여기 친구들 얘기 좀 들어봐. 여기 상가 1층 송차 카페에서 왔는데 시음하라고 음료 가져왔는데 맛이 끝내주네."

훈민이 다가가 정중하게 인사했다.

"안녕하세요. 저희는 송차 카페에서 온 매니저들인데요. 송차 카페가 배달 서비스를 시작해서 인사드리러 왔습니다. 앞으로 배달 주문 오면 잘 부탁드립니다."

정성은 고개만 까닥해 보이고는 서류를 열어서 살폈다. 훈민과 다경, 정음은 라이더들에게 인사를 하고 음료 컵을 수거해 계단으로 갔다. 어르신 기사가 훈민 일행을 따라 나왔다. 그는 자신이 타는 스쿠터를 보여주었다. 족히 20년은 된 듯 낡아 보였다.

"걱정 마요. 송차 카페 음료 안전하게 배달할 테니. 예전에는 쿼터급 바이크도 타고 하면서 서울 각지에서 서류 배달하는 퀵서비스를 했는데 지금은 배달로 전향했지. 동네만 다녀도 숨찰 때가 있으니께."

큼지막한 배달통이 안장 뒤에 달려 있었는데 귀여운 캐릭터 인형이 달려 있었다.

"어? 배달통이 무척 커요."

"으응, 30만 원 주고 달았어. 60리터 이상이라서 음식 배달 네 개도 거뜬한데 요즘은 한집 배달만 다녀. 우리 동풍에서 잘 도와줄 테니 젊은 사람들 장사 잘 해봐! 이제는 학생이라고 안 허고 매니저나 사장님이라 부를게요."

훈민이 말했다.

"어르신 괜찮습니다. 편하게 부르세요."

"이렇게 찾아온 거 보니 일반 알바생들은 아닌 것 같고 사정이 있겠지."

"잘 부탁드립니다."

그날부터 카페 장사를 새롭게 시작했다. 며칠간 훈민은 계속 식음료 개발에 열중했고 정음과 다경은 카페 콘셉트를 잡았다. 하지만 결과가 신통치 않았다. 배달 주문도 들어오지 않았다. 정음은 새로운 메뉴 개발 이야기도 할 겸 긴급회의를 소집했다. 이준까지 모두 카페에 모여 배달 서비스를 본격적으로 시작하기 위해 회의했다. 회의가 시작되자 훈민이 메뉴 개발 과정에 대해 길게 설명했다.

"지금까지 메뉴 개발 과정을 설명드렸는데요. 마지막으로 이 말을 하고 마치겠습니다. 여러분들에게 하고 싶은 말이 있습니다. 전 마야 안젤루라는 미국 작가를 좋아하는데 그녀가 남긴 명언 중에 감명 깊은 게 있습니다."

훈민은 목소리를 가다듬고 나직하게 말했다.

"사람들은 당신이 말한 것과 당신이 한 일은 잊을 수 있지만, 당신이 그들에게 어떤 느낌을 주었는지는 결코 잊지 않을 겁니다, 라고 말했어요."

훈민은 이어서 말했다.

"저는 간식과 음료가 어땠느냐보다는 어떤 울림을 주었는지가 중요하다고 말하는 겁니다. 그만큼 카페의 메뉴에 만든 사람의 철학과 사상이 들어가는 게 맞다고 봅니다."

정음이 갑자기 끼어들었다.

"어…. 그렇지만 우리는 그런 고차원적인 게 아니라 단순히 맛있는 간식과 음료를 배달하려는 건데 이렇게 장사가 안 되고 첫 배달도 개시가 안 되면 문제란 거죠."

이준이 머리를 긁적이다가 목소리를 높였다.

"저기요. 제가 느끼기에는 훈민 님이 개발한 음료와 시그니처 메뉴 모두 괜찮은 맛과 비주얼인데, 아무래도 서울보다 잠재 고객이 적다 보니 배달 주문이 적게 들어오는 거 같아요. 게다가 원래 배달 서비스를 하고 있던 카페들도 많을 거고요. 이건 제 아이디어인데 우리가 음료를 들고 사진을 찍어 메뉴 사진을 바꿔 보면 어떨까요? 제가 아이돌 지망생이라 그런진 몰라도 프로필 사진 만큼 뭔가를 잘 전달하는 것은 없더라고요."

다경이 손가락을 탁 튕겨 소리를 냈다.

"오호, 이준 님 잘생겼잖아. 우리 음료를 들고 미소 짓는 사진을 메뉴에 올리거나 해볼까요?"

정음이 고개를 저었다.

"아니 그래도 너무 일반적이지가 않은데."

훈민이 나섰다.

"홍보해 봅시다. 대학생들이 만든 음료와 디저트, MZ 입맛을 사로잡을 송차 카페라고요!"

다경은 즉시 배달 앱 본사에 전화를 걸어서 카페 간판 사진을 올리고 수정하거나 변경하는 방법을 물어보았다. 그리고 송차 카페의 음료와 디저트를 이준이 들고, 송차 카페를 배경으로 사진을 찍었다. 얼굴 전체가 다 안 나오고 턱 부분만 나오기도 했다. 이준의 날렵한 턱선이 더 부각되도록 포즈를 취했다. 정음은 자신도 네일 정리를 한 지 얼마 안 됐다면서 누룽지 쿠키를 든 사진을 훈민에게 찍어달라고 부탁했다. 이런 식으로 새롭게 사진을 찍어서 카페 대문을 다시 만들었다. 그리고 메뉴를 정리해 다시 배달 앱에 올렸다.

아이스티, 레몬차, 자몽차, 매실차, 쌍화차, 생강차, 자몽 허니블랙티, 유자차, 캐모마일티, 페퍼민트티 등 전통차와 수입차 혼합 메뉴와 망고 주스, 토마토 주스, 딸기주스 등 주스류, 아메리카노, 카페 라떼, 바닐라 라떼 등 커피류로 카테고리를 나누었다. 간식은 훈민이 개발한 누룽지 쿠키와 약과 타르트 외에도 이웃 상가에서 제공받는 오색 송편과 제과점에서 제공받는 베이글, 그리고 새롭게 개발할 김치볶음밥 등을 올려보았다. 다경이 아이디어를 냈다.

"내가 국문과잖아요. 의성어나 의태어 사용하면 메뉴 설명이 더 멋질 것 같아요."

"오 아이디어 좋은데요."

정음이 동의를 했다. 다경은 '보송보송 민트티', '다정다감 누룽지 쿠키', '다가오는 봄날을 기대하게 하는 살랑살랑 아이스 자스민티' 등의 메뉴를 만들어 정리해 나갔다. 여기에 이준이 또 다른 아이디어를 냈다. 모두가 같은 티셔츠, 같은 앞치마와 모자를 쓰는 게 단정해 보인다는 것이다. 그는 과에서 단체 티를 맞추는 쇼핑몰에서 주문하면 비용도 얼마 안 들고 물건도 금방 온다고 했다. 다경은 이준의 아이디어를 받아들여 경비에서 비용을 건넸다. 정음과 이준이 디자인을 조율해서 단체 티와 모자, 앞치마를 딥그린 컬러로 주문했다.

송차 카페 영업시간이 끝나고 날마다 다 같이 모여 신메뉴를 개발하고 회의를 했다. 훈민은 다음 달인 2월에 선보일 새로운 신메뉴를 개발하는데 여념이 없었다. 흑임자와 마늘, 인절미, 강정, 밤양갱, 군고구마 등 할머니들이 주로 드실법한 일명 할매니얼(할매+밀레니얼의 합성어로 할머니들이 즐기는 옷이나 간식을 즐기는 밀레니얼 세대) 디저트 준비에 여념이 없었다. 훈민은 날마다 미친 듯이 새로운 메뉴를 만들어 나갔다.

"이것 좀 드셔보세요."

훈민은 생강차에 딸기 홍차를 블렌딩하고 얼음을 넣은 음료를 정음에게 건넸다.

"기묘하게 맛이 어우러지는데요?"

"그렇죠? 거기다가 장미향을 조금 넣으면 아주 멋진 맛이 나올 것 같은데."

훈민이 음료를 제조하는 사이, 다경과 이준은 인테리어를 손보고 메뉴판을 만들고 디자인을 해나갔다. 마샬 스피커에서 스테이시 라이언의 〈Fall in Love Alone〉이 흘러나왔다. 이준이 외쳤다.

"어, 나 이거 댄스 학원 레슨곡이었는데!"

이준은 팝핀과 하우스, 힙합을 섞어서 멋들어지게 춤을 췄다. 다경과 정음이 박수치며 환호했다. 작은 송차 카페 안이 잠시 클럽처럼 변하면서 모두 몸치 댄스나 케이팝 댄스를 추었다.

그렇게 폭풍같은 며칠이 지나고 드디어 메뉴 개발과 인테리어 재단장이 끝났다. 메뉴 사진도 새롭게 바꾸고 메뉴 이름도 정했다. 마지막으로 배송받은 단체 티와 모자, 앞치마를 입고 단체 사진을 찍어서 송차 카페 대문을 만들어 배달 앱에 올렸다. 나름대로 신선한 기획과 아이디어였다. 하지만 그렇게 재단장을 해도 아무런 주문도 오지 않았다. 매장 방문 손님은 많아 봐야 하루에 열다섯 팀 정도여서 하루 매출은 20만 원 미만이었다. 이대로 알바를 네 명이 하는 구조라면 인건비 자체가 나오지 않았다. 마이너스였다. 서로 얼굴을 쳐다보는 게 고역이고 근무 시간이 참 더디게 흘렀다. 주문이 없어 몸은 편한데 마음은 지옥이었다.

'이게 바로 자영업의 이면이구나.' 정음은 자신이 설계한 네 명의 사장이 지분을 나누기로 한 구조가 잘못되었고 적자의 굴레에서 벗어나기가 어렵다는 걸 깨달았다.

'어떡하지….' 그간 투자 사기당해 잃은 돈을 다시 메꾸기는커녕 생활비도 안 나오고 다른 곳에도 취직하지도 못하는 일이 벌어졌다.

며칠 후 오후 4시. 오전 조 훈민과 다경, 오후 조 정음과 이준이 시간이 잠깐 겹쳐 같이 일하는 시간이었다. 보통 매장 영업이 끝나고 회의를 했는데 시간이 너무 늦다는 건의에 따라 4시부터 30분간 같이 일하면서 매장 업무 관련 회의를 했다. 오후에 정음은 출근하자마자 단체 티를 입고 모자를 쓰고 앞치마를 둘렀다.

"배달 주문 온 것 좀 있어요?"

훈민이 고개를 저었다. 다경이 말했다.

"매장에 들러 드시는 손님만 네 팀 정도 왔어요."

정음이 놀란 얼굴을 했다.

"배달은 하나도 개시 못 했어요?"

다경이 풀 죽어 대답했다.

"네…."

"어쩌죠."

이준이 경쾌하게 답하면서 앞치마를 둘렀다.

"처음부터 잘 되는 건 없어요. 저도 오디션에 번번이 떨어지는데요. 자 매장 청소기 한 번 돌릴게요. 오후니까요."

20여 분이 지나도록 배달 주문도 매장 방문 손님도 없자 텐션이 떨어지면서 서로 쳐다보는 얼굴이 무표정했다. 카페에는 크리스토퍼의 〈Bad〉가 흘러나왔다. 음악은 신났지만 아무도 말을 하지 않았다. 그런데 중간에 후렴구의 간주 부분이 들어가면서 갑자기 "주문", "주문" 주문이 들어왔다는 신호음이 났다.

"오오오오오!"다경이 크게 외치면서 주문 접수 버튼을 얼른 눌렀다.

"누룽지 쿠키 두 개, 아이스 쌍화차, 블랙 밀크티 당도는 추천 당도, 이렇게 두 잔 주문이 들어왔어요! 훈민 님, 제조 부탁드려요."

한편, 동풍 라이더스 사무실에서 어르신 기사가 송차 카페에 배달 주문이 들어온 걸 보고 서서히 일어났다.

"몸 좀 풀어볼까나. 그 대학생 아이들 가게에서 첫 주문 콜이 들어왔네. 콜 뛰러 갑니다."

정성이 고개를 숙여 보였다.

"잘 부탁드립니다. 다녀오십시오, 어르신."

"오케바리."

어르신 기사는 지하에서 계단으로 올라가 20여 년은 되어 보이는 스쿠터에 올라타고 헬멧을 썼다. 그리고 스쿠터를 몰아 송차 카페 앞에 댔다. 그는 라이더스 일을 할 때는 10미터 거리도 스쿠터를 탔다. 시동을 끄지 않고 가게로 들어가 그대로 맨 뒷자리에 앉아서 핸드폰을 꺼내 유튜브를 시청했다. 정치 유튜브를 보면서 소리가 작아 볼륨을 크게 했다. 훈민이 음료를 제조하는 사이 정음이 빨대와 음료 뚜껑을 준비했다. 다경은 주문해주어 고맙다는 손편지를 정성스럽게 써서 비닐 팩 안에 넣는 중이었다.

"어? 어르신! 아직 다 완성 안 됐어요. 대기 하셔야 돼요."

정음의 말에 어르신 기사가 말했다.

"알아, 알아. 천천히 해. 지하 사무실이 하도 답답해 카페에서 음악 들으면서 기다리려고."

정음은 다경을 향해 인상을 지어 보였다. 오늘 기념비적인 첫 주문이니까 참지만, 다음에는 바깥에서 기다려 달라고 말할 결심을 했다. 곧바로 두 번째 배달 주문이 들어왔다. 이번에는 깜찍한 캐릭터 모자와 후드 티셔츠를 입은 수경이 들어와 픽업했다.

"잘 부탁드립니다. 은 기사님. 옷이 힙하신데요."

"나 아이 엄마지만 그렇게 나이 안 먹었어요."

다경으로부터 배달 음식을 건네받은 수경이 말했다.

"배달하는 게 지겨워지면 비 오는 날에는 라이더 조끼 안에 레이스 블라우스를 입어보기도 하고, 흐린 날에는 가죽점퍼를 입기도 하죠. 어떤 날은 애지중지하는 할리데이비슨 로드 글라이더를 몰고 와보기도 하고요. 헤헤, 오늘 같은 날엔 전기 자전거를 타기도 하고 그렇죠, 뭐. 할리데이비슨은 퇴직금으로 산 거랍니다. 호홋."

며칠간 배달이 밀려 들어왔다. 저녁에 들어온 주문에 어르신 기사가 왔다. 부리나케 달려온 어르신 기사는 카페에 느긋하게 앉아서 흘러나오는 재즈 음악에 고개를 까닥했다. 안 되겠다 싶었는지 정음이 다가왔다.

"저, 어르신. 배달 기사님들은 모두 카페 밖에서 기다려 주셔야 합니다."

"지금은 손님 없잖아요. 구석에 공부하는 학생 말고는."

"그래도요. 이렇게 라이더 복장을 하고서 들어와 계시면 손님들이 불편해하죠."

"아니 왜? 나랑 거리도 먼데? 이봐, 좀 봐줘요. 쿰쿰한 지하에 오래 있기 갑갑해서 그래. 그리고 나 그렇게 어르신 아니에요. 부모님 두 분 다 90이 넘으셔서 요양원에 계시는데, 그 요양원 가면, 아가야 아가야 하고 어린아이 대접받지. 아암."

정음이 인상을 쓰고 말하려는데 이준이 다가왔다.

"정음 님, 음료 좀 빨리 마무리 지어주세요. 자몽에이드에 넣을 자몽 슬라이스는 어디에 있어요?"

"아, 알았어요."

어르신 기사는 여전히 어깨를 들썩이면서 음악의 리듬에 몸을 맡겼다. 실룩이는 뺨에는 홍조가 올라있었다. 그는 이준이 건네는 배달 음료를 들고 나가면서 손가락으로 까딱 인사를 했다. 밀려드는 배달에 이준과 정음이 오후 영업을 활기차게 이어나갔다. 잠깐 매장이 한가해지자 배달 앱을 들여다보던 이준이 소리를 질렀다.

"오 마이 갓! 정음 님, 누가 별점 테러했어요. 아이스 쌍화차가 실링이 제대로 안 되어서 샜대요."

정음은 별점 리뷰를 보았다. 별점 1점에 실링이 뜯어져 음료가 새서 기분 나쁘다고 적혀 있었다. 정음은 얼른 답글을 달았다.

[죄송합니다, 고객님. 저희가 배달 주문을 시작한 지 얼마 안 되어서 실링 기계가 늦게 배송되어서 그런 일이 벌어졌어요. 앞으로는 철저하게 실링을 해서 그런 일이 안 벌어지게 할게요. 다음번 주문하실 때 메모 주시면 쿠키 서비스로 드릴게요.]

정음은 다경에게 별점 리뷰를 스크린샷으로 보내주면서 비싸더라도 실링 기계를 사야 할 것 같다고 했다. 지금은 실링 테이프를 사서 붙여서 나갔는데 아무래도 불안했다. 이때 어르신 기사가 들어와 카페에 앉아서 유튜브를 틀었다.

"좋은 저녁입니다!"

정음은 가뜩이나 별점 테러 때문에 기분도 안 좋은 데다가 아무래도 배달도 험하게 한 것이 아니냐는 생각에 어르신 기사에게 다가가 물었다.

"저기요, 어르신. 저희 음료가 샜다는 리뷰가 있는데요. 혹시 배달하실 때 다른 데 음식도 배달하면서 여기저기 들르시느라 음료가 샌 게 아닌가 해서요."

어르신 기사가 질색팔색했다.

"뭔소리여, 시방. 나는 체력이 안 돼서 한 집 배달만 잡고, 요즘은 가는 게 쉬워서 송차 카페만 온다고. 그런데 무슨 오래 돌다가 간다고."

정음은 가게 문밖에 새워진 20년은 족히 넘어 보이는 스쿠터를 보고 한마디 했다.

"어차피 저 오토바이로는 여러 집 배달은 힘들겠네요. 그래도 조심해 주세요."

"아, 알았어. 핀잔은."

"참 그리고요. 카페 안에서 기다리시면 안 됩니다. 음료 금방 제조되니까 오토바이 있는 데서 기다려 주세요."

"아니 비가 스멀스멀 내리려는 것 같아서 안에서 잠깐 음악도 듣고 몸 좀 풀고 가려는데."

정음은 속이 부글부글 끓었지만 최대한 제정신을 유지하면서 말했다.

"어르신. 저희 매장이 작고 사우나가 아니어서 몸도 못 푸세요. 음악보다는 정치 유튜버들이 고래고래 소리지르는 것만 들으시잖아요."

"아, 알았다고. 그럼 오늘만 안에서 기다릴게."

이준은 정음이 어르신과 실랑이하는 모습을 보다가 크게 외쳤다.

"정음 님, 여기 음료 나왔습니다."

정음은 음료를 들고 어르신 기사에게 툭 건넸다.

어르신 기사가 나가고 이준이 매장을 정리하는 정음에게 다가왔다.

"아니, 정음 님. 너무 예민하신 것 아니에요? 매장에 손님도 없는데."

"오늘은 그렇지만 만약 손님이 꽉 차 있는 상황이고 자리가 하나 남아 있는데 어르신이 들어와 턱 앉으시면요. 그걸 가정해서 미리 말씀드리는 거죠. 유튜브로 지하철 노인 빌런들 많이 보기는 했는데, 상상 이상이네요, 직접 겪어보니까요."

이준이 거북해하며 말했다.

"제가 어릴 적에 사정이 있어서 할머니랑 살았는데 꼭 그런 분들만 계시진 않아요."

"알았어요, 이준 님. 제가 별점 테러 보고 잠깐 이성을 잃었나봐요. 다경 님이 실링 기계 알아본다니까 일 시작해요."

"앗, 주문 또 들어왔어요."

어느덧 밤 10시가 넘었다. 배달 주문이 꽤 들어와서 라이더들이 여러 번 다녀갔다. 이후 며칠 동안 그럭저럭 신메뉴 위주로 장사가 잘되었다. 그날도 배달 서비스를 여러 건 하고 퇴근 시간인 밤 10시가 되었다. 정음이 송차 카페 문을 잠그고 나왔다. 바깥에 놓인 테이블에 이준이 털썩 걸터앉았다. 정음은 그 맞은 편에 앉았다. 손에는 기숙사에 가서 공부하면서 마실 블랙 밀크티가 들려 있었다.

첫 배달 주문이 들어온 날부터 매출이 30만 원 이상 뛰었다. 기록적인 금액이었다. 단톡방에 그날그날 매출을 올렸다. 마감 조가 매출을 올리면 다들 한 마디씩 반응이 있었다. 그런데 그날은 다경과 훈민에게서 반응이 올라오지 않았다. 정음은 한숨을 푹 쉬었다.

"후우, 애들도 피곤한지 매출 보고 반응도 없네요."

"정음 님, 반응에 일일이 신경 쓰지 말아요. 어차피 매일 장사인데요. 마음으로 축하하고 있겠죠. 피곤하니 잘지도 모르고요. 에휴, 몸은 힘들지만 마음은 편하고 돈도 벌리잖아요. 녹초가 되어서 기숙사까지 셔틀 탈 힘도 없네요."

정음이 이준을 일으켰다.

"어서 일어나요, 이준 님. 까닥하다가 마지막 셔틀 놓치면 걸어가거나 택시 불러야 해요."

"정음 님, 어떻게 그렇게 힘이 넘쳐요."

"힘이 넘치다뇨? 저도 안간힘 쓰는 거예요. 이준 님처럼 맘 편하게 알바하는 게 아니라고요. 이준 님은 옷 사고 그러는 데 돈 쓰려고 일하는 거잖아요. 나는 이 블랙 밀크티처럼 쓴 인생에 우유처럼 부드러운 걸 넣어서 중화시키는 인생을 살고 있어요. 인생이 쓰기만 하면 살고 싶지 않으니까 우유 같은 이벤트를 만들어 나가는 거예요. 지금은 그 우유가 송차 카페예요. 여기다 승부를 걸었어요. 내 힘으로 만들어 나가는 성취감 같은 그런 거 말이에요."

"정음 님, 나도 뭔가 그런 뚜렷한 의지가 있었으면 하는데 잘 안되네요."

"아이돌 오디션 보는 것도 힘들지 않나요? 다 똑같죠. 그리고 우리 엄마가 식당 알바를 자주 하시는데 첫 주가 제일 힘들고 첫 달까지도 힘들다가 3개월만 되면 익숙해진대요. 인간은 쉽게 나가떨어지지 않는다고요. 힘 좀 내 봅시다."

"나는 여기 일 하는 것만으로 벅찬데 앞으로 무슨 아이돌을 할까 싶기도 해요. 어떤 때는 내가 진짜 원하는 게 뭔지 아리까리 하기도 하고…."

정음이 잠시 뭔가 회상하는 듯 허공을 보다 입을 열었다.

"이준 님은 지금 무지 피곤해서 그래요. 알바를 하도 하다 보니 알바의 달인이 되었는데 몸은 너무너무 피곤한 거예요. 그럴 때 어릴 적 들었던 이야기가 있어요. 모든 디테일한 과정과 실수들이 합쳐져서 성공을 만든다고요. 힘들고 지친 사람에게 하늘이 힘을 내려준다는 말도 있잖아요."

이준이 배낭을 끌어안고 코를 골며 쌕쌕 자고 있었다. 그녀는 이준을 깨웠다.

"어서 일어나요. 셔틀 놓친다니까요. 기숙사로 올라갑시다요."

정음은 블랙 밀크티를 단숨에 마시면서 숄더백을 들고 일어났다. 오늘도 그렇게 하루가 지났다.

밸런타인데이, 사랑을 전하는
초콜릿 레터링 케이크

다경은 일단 급한 대로 당근마켓에서 중고 실링기를 살펴보다가, 시중 가격 반값에 판다는 거래자를 찾아냈다. 판매자가 밤에만 거래가 된다고 하여 정음과 이준에게 퇴근 후에 판매자를 만나달라고 부탁했다.

어두운 밤, 아파트 놀이터에서 그들은 판매자를 기다렸다. 저만치 회색 점퍼를 입고 모자를 눌러쓴 키 큰 중년 남자가 다가왔다.

"혹시 라라오 님? 실링 기계 사러 오신 분 맞죠?"

"맞습니다. 저희예요."

"어? 대학생들 같아 보이는데?"

"네. 맞습니다. 2학년 올라가요."

"사장님이 시킨 겁니까?"

"아, 아뇨. 저희들이 카페를 일임받아서 매니저를 하게 됐어요."

남자는 실링 기계 시연을 하면서 작동법을 가르쳐 주었다.

"손 조심하세요. 실링 비닐은 여기 전화번호로 전화하면 입금받고 택배로 보내줍니다."

"네. 고맙습니다."

기숙사 옆 송차 카페

"어린 사람들이 옛날 나 같아서 눈물이 다 나네…."

남자의 눈시울이 붉어지더니 눈물을 주먹으로 훔쳐냈다.

"내가 학생들 나이에 자영업 시작하다가 이 나이에 폭삭 망해서 남 일 같지 않네요. 미안합니다…. 혹시 다른 거 필요한 거 있음 또 연락해요."

정음과 이준은 물건을 받아 들고 영업이 끝난 카페로 돌아가 빈 컵에 물을 넣고 시연을 해보았다. 작동이 잘 되었다. 기계를 프런트 위에 올려놓았다. 메모지에 사용하는 법을 적어놓고 단톡방에 제품명과 링크를 올려놓았다. 내일 오전 조가 와서 오픈하고 사용하면 된다. 실링 기계가 있으니 이제 배달 때 안전하게 물샐 염려는 없지만, 방금 물건을 판 남자에게서 망했다는 소리를 들으니 마음은 심란했다. 정음과 이준은 힘없이 가게 문을 닫고 셔틀을 타러 버스 정류장으로 향했다. 밤 11시가 넘으면 셔틀도 끊긴다. 어서 가야 했다.

다음날, 어김없이 오픈 조의 활약이 시작됐다. 훈민은 오픈 2시간 전에 나와 쿠키와 빵 등 디저트를 만든다. 대신 오후 마감 조가 오면 바로 퇴근한다. 쿠키가 구워지는 동안 훈민은 블랙티, 우롱티, 자스민티 등 베이스가 되는 티들을 티포트의 티스트레이너(거름망)에 넣고 끓인다. 쌍화차나 생강차는 사장님이 만들어놓고 간 공법대로, 떨어지면 그때그때

시판 며칠 전에 약재를 넣고 달이거나 청으로 만들어 낸다. 찾는 손님이 그렇게 많지 않기 때문이다. 하지만 최근에 아이스 쌍화차나, 딸기 홍차를 블렌딩한 생강차가 시그니처 메뉴로 잘 나가고 있다.

찻잎을 거름망에 넣고 20초 정도 기다린 후에 티포트의 버튼을 눌렀다. 그래야 차가 안정적으로 끓여졌다. 뜸 들이는 시간도 12분으로 정해 놓았는데 그보다 많이 끓이면 떫은 맛이 나니 조심해야 했다. 티소믈리에 송미선 사장님 말씀에 티는 정성으로, 공법대로 끓여내야 균일하고 안정된 맛이 나온다고 했는데 정말 그랬다.

훈민은 커피머신을 한 번 더 소독하고 스팀이 잘 나오는지 확인했다. 시그니처 메뉴가 티 베이스라서 커피는 생각보다 팔리지 않았지만 날이 더워지면 아이스 커피를 찾는 손님이 늘기 때문에 관리를 소홀히 해서는 안 된다. 스팀 노즐에서 치이이이 하고 증기가 빠지는 소리가 났다. 훈민은 밀가루에 설탕과 무염 버터, 달걀물을 넣고 치대서 반죽을 만들었다. 반죽을 30분 이상 숙성시킨 후 동그랗게 빚었다. 쿠키 종류에 따라 견과류도 얹고 누룽지 조각도 얹어 하나하나 오븐에 넣었다.

쿠키가 구워지는 동안 머핀 등 다른 빵도 만들었다. 그리고 오전 10시쯤에는 모든 과정을 마치고 주문을 기다렸다.

그 전에 다경도 와서 일을 돕곤 했다. 오픈 조는 베이스 음료를 만들고 쿠키를 굽는 등 사전 준비에 시간이 많이 걸린다.

반면 마감 조는 바닥을 쓸고, 커피머신과 티포트를 청소하는 등 정리하는 시간이 많이 걸린다. 싱크대와 음수대를 비롯한 모든 공간을 수세미로 박박 닦는다. 사장님 매뉴얼대로 가게와 주방 도구 청소를 모두 마치고 가게 문을 잠근 후 퇴근한다. 매장 전깃불은 끄지만 바깥에 있는 미니 간판 LED 등은 켜놓는다. 늦은 시각에 기숙사로 돌아가는 학생들의 귓갓길이 어둡지 않도록 불을 켜놓으라는 사장님의 당부 때문이다.

훈민은 모든 준비를 마치고 배달 주문이 오기를 기다렸다. 그사이 다경도 출근했다. 딩동, 배달 주문이 왔다는 알림이 떴다. 훈민은 메뉴와 당부 사항을 보고 준비를 시작했다. 레모네이드와 따뜻한 아메리카노 그리고 호떡 주문이었다. 호떡은 겨울 한정 메뉴로, 훈민이 야심차게 시작한 메뉴였다.

숙성시킨 호떡 반죽을 동그랗게 떼 내어서 펴준 다음, 흑설탕과 견과를 넣어 만든 소를 얹었다. 호떡이 터지지 않도록 조물조물 둥글게 만들어 나갔다. 팬에 기름을 넉넉하게 붓고 뒤집개로 반죽을 넓적하게 눌렀다. 2분 동안 익게 두었다가 노릇노릇해지면 뒤집었다. 호떡이 익는 고소한 냄새가 카페 뒤편 간이주방을 가득 채웠다.

다경은 음료를 만들었다. 분쇄기에서 원두를 갈아 템퍼로 눌러주고 커피머신에 넣었다. 치이이익 소리와 함께 커피머신 추출 헤드에서 에스프레소가 졸졸 흘러나왔다. 테이크아웃 잔에 정량의 물을 넣고 에스프레소를 따랐다. 실링지로 입구를 막고 김이 빠질 수 있도록 나무 꼬치로 작은 구멍을 뚫었다.

이번에는 컵에 작게 부순 얼음을 넣고 레몬청을 큰 스푼으로 두 번 넣었다. 레몬 슬라이스를 넣은 다음 탄산수를 붓고 유리막대로 여러 번 저은 다음 실링을 했다. 완성된 두 음료를 훈민이 건네는 디저트와 함께 봉투에 넣어서 손잡이 부분을 테이프로 둘러 고정되게 했다.

수경이 와서 음료를 받아 들며 인사했다.

"오늘 첫 개시네요. 오늘도 잘 부탁드려요. 다경 님, 훈민 님."

"은 기사님. 오늘도 잘 부탁드립니다."

그날도 배달 주문으로 하루를 시작했다.

오전 알바를 마치고 기숙사로 돌아온 다경은 침대에 누워 이불을 덮었다. 일찍 출근한 정음에게 인수인계를 하고 온 참이다. 이 기숙사는 유럽의 성처럼 뾰족한 지붕이 인상적인 건물이었다. 여학생 기숙사는 서관에, 남학생 기숙사는 동관에 위치하고 있다. 중간에 강의실과 학생회실이 있고 1층에는 라운지가 있다. 1층 라운지 주변에는 기숙사 사무실, 코인 세탁실, 헬스장, 매점 등이 위치하고 있다.

다경과 정음이 사용하는 401호실은 원래는 3인실이지만 둘이서 쓰고 있다. 다경이 창가 쪽 침대와 책상, 옷장을 쓴다. 정음은 입구 쪽 침대와 책상을 쓰고 있다. 파티션은 없지만 기숙사 방안에서는 전화 통화를 최대한 조심히 했다. 식사는 바깥 휴게 공간에서 햇반과 반찬 등으로 해결했다. 다경은 휴게실로 나가 늦은 점심을 차려 먹었다. 배가 너무 고팠다. 카페에서 팔다 남은 쿠키 등으로 대강 때우려다, 따끈한 밥이 먹고 싶었다. 인터넷으로 주문한 반찬을 꺼내서 조미김과 전자레인지에 돌린 햇반을 같이 먹었다.

휴대전화를 보면서 밥을 먹었다가 다경은 에브리타임 앱에 올라온 게시글에 빵 터졌다.

[기숙사 엘리베이터에서 방귀 좀 자제하세요. 냄새 납
니다.]

그도 그럴 것이, 24시간 공동으로 생활하는 공간이다 보니 여러 냄새나 불편함에 서로 조심하는 분위기였다. 며칠 전부터는 방에서 화장실 냄새가 나서 환기를 자주 시켰는데도 냄

새가 가시지 않았다. 관리실 기사님이 오셔서 화장실부터 기숙사 방까지 모두 조사하시고 나서야 원인이 밝혀졌다. 며칠 전에 변기를 수리하느라 밑에서 연결되는 부분을 모두 열어 놓았는데 그만 정화조 냄새가 올라온 것이다. 기사님은 수리를 잘 끝내주셨고 그날부터 냄새가 나지 않았다.

다경은 밥을 먹고 옷가지를 들고 세탁실로 갔다. 빨래가 되는 동안 세탁실에서 노트북으로 웹소설을 쓰고 있는데 훈민이 세탁실로 들어왔다.

"어, 훈민 님?"

"엇, 다경 님. 세탁하러 왔습니다."

훈민과 다경은 오전 조 카페 일을 마치고 셔틀을 타고 들어와 각자 밥을 먹고 다시 세탁실에서 만난 것이다. 다경이 훈민에게 카페 잘 도와줘서 고맙다고 자판기에서 에너지 음료를 뽑아서 건넸다. 다경은 급속으로 세탁된 옷을 건조기에 넣고 세탁실을 나갔다.

훈민은 휴대전화에 저장해 두었던 메뉴 개발 관련 메모를 열고 들여다보았다. 그러다가 배드 파더스 홈페이지에 들어가 여러 부모의 얼굴을 유심히 보았다. 중학교 때 어머니가 돌아가셨을 때도 아빠는 연락이 없었다. 다섯 살 이후 본 적 없는 아빠지만 그래도 아동보호시설에 들어가는 것보다는 아빠와 같이 살기를 원했다. 하지만 친가 쪽에 전화를 해보아도 외국에 나가 있다는 말만 들리고 연락이 더 없었다.

훈민은 아동보호시설에 들어가 좋은 선생님들을 만나 고등학교에 진학했고, 파티시에 과정과 식품 조리 과정을 밟은 끝에 식품영양학과에 진학할 수 있었다. 영양사 자격증을 따서 취업하는 게 목표이고, 멀리 보면 셰프나 파티시에가 되어서 자신만의 식당이나 가게를 차리고 싶었다. 나만의 가게를 멋지게 차려서 요리나 디저트, 음료 등을 팔아 유명해진 뒤 아빠를 찾아보고 싶기도 했다.

하지만 그 이면에는 적개심과 분노도 있었다. 엄마가 떠나고도 찾아오지 않는 아빠는 대체 어떤 사람인가. 안 본 지 15년도 더 지나 이제는 얼굴도 모른다. 하지만 인터넷 어딘가에는 기록이 있지 않을까 하는 마음으로 찾아본다. 때로는 아빠의 이름을 검색창에 넣고 부고 관련 검색해 보기도 한다. 돌아가셔서 못 오는 것은 아닐지…. 앞날이 막막하다. 모든 게 힘들지만, 지금은 송차 카페에서 식음료 개발하고 고객들의 반응과 배달 수요를 살피며 미래를 꿈꿔보는 게 유일한 희망이다.

다음날 훈민은 여느 때처럼 출근해서 디저트를 만드는 등 배달 준비를 했다. 2월에는 밸런타인데이가 있어서 따뜻한 느낌을 주는 디저트와 초콜릿 베이스 음료를 만들려고 개발하는 중이다. 먼저 군고구마 라떼를 만들어 시판을 시작했다. 고구마를 오븐에 구워서 캐슈넛, 피스타치오, 아몬드, 우유와 함께 갈고 시럽을 섞어 음료로 만들었다. 손도 많이 가고 시간도 들어 포기했던 음료지만 밸런타인데이 한정으로 판매하기로 했다.

배달 주문을 받은 훈민은 정성껏 군고구마 라떼를 만들고, 초콜릿 퍼지 케이크와 함께 포장했다. 가게 문이 열리고 이정성 실장이 들어왔다. 동풍 라이더스 대표인 이 실장은 가게로 들어올 때 항상 헬멧에 고글을 쓰고 들어온다. 그래서 얼굴이 잘 보이지 않는다. 안전을 위해 팔 부분에 보호 장비를 한 점퍼를 차려입고 가슴에는 이름표가 붙어 있었다. 중간 키에 마른 듯해 보이지만, 탄탄한 체격이다. 얼굴은 한 번 정도 본 적이 있는데 무덤덤한 표정에 휴대전화를 무심히 지켜보고 있었다.

"아, 오셨어요. 실장님, 여기요. 배달 잘 부탁드립니다."

정성은 배달 음료를 들고 조용히 카페에서 나갔다.

훈민은 오전 근무를 마치고 음료를 만들어 동풍 라이더스 사무실로 갔다. 새로 만든 군고구마 라떼 시음을 부탁하기 위해서였다. 사무실로 가보니 다 같이 콩나물국밥을 먹고 있었다. 어르신 기사가 불렀다.

"훈민 파티샤? 이리 와. 같이 들게. 이 실장이 종종 점심 배달 시간 끝나고 한가할 때 만들어 주는데, 맛이 괜찮아. 와서 먹어."

정성은 콩나물국밥에 달걀을 탁 풀어 수저와 함께 내밀었다.

"식사하시고 제가 만든 2월 시그니처 음료 들어보세요. 군고구마를 갈아서 만든 군고구마 라떼입니다."

모솔은 콩나물국밥을 먹다 말고 훈민이 내민 음료를 마셔 보았다.

"맛이 어떠세요? 강 기사님."

"괜찮은데요. 제가 입이 짧은 편인데 착 붙어요."

수경도 군고구마 라떼를 마셨다.

"괜찮네. 우리 재준이도 좋아할 만한 맛인데요. 달달하고 구수하고 간식으로 든든할 것 같고."

훈민은 콩나물국밥에 새우젓을 넣었다. 그리고 신김치와 마른 김을 국밥 위에 얹어서 먹었다.

"어, 콩나물국밥에 오징어랑 통후추 맛이 잘 어우러지는데요?"

"오잉? 들어간 재료를 잘 알아맞히네. 여기 오징어 숙회도 먹어봐, 이 실장은 오징어 데친 물을 국밥 만드는 데 넣더라고."

어르신 기사는 말을 마치고 국물마저 다 마셨다.

"이 실장이 음식을 얼마나 잘하는지 알아? 같은 라면을 끓여도 이 실장이 끓이면 훨씬 맛있더라니까. 훈민 파티샤도 라면 잘 끓이지?"

"헤헤, 고등학교 때 파티시에 과정과 조리학과를 나오고 지금은 식품영양학과 전공하니까 열심히 공부는 하고 있지만, 원래 손맛 있는 분은 따라잡기 힘들어요. 이 실장님, 저 언제 요리 전수 부탁드립니다."

정성은 말없이 빈 그릇을 싱크대로 가져가 설거지했다. 수경이 훈민에게 다가와 말을 건넸다.

"대답 없으시다고 상처받지 말아요. 이 실장님은 원래 말수가 적지만 속정은 깊답니다. 그나저나 강 기사님, '진정 솔로'였나? TV 연애 프로그램 신청한다는 거 어떻게 되었어요?"

모솔의 볼에 홍조가 올랐다.

"아하 그게 저. 연락이 없더라고요. 거기 나오는 사람들이 전부 의사, 대기업 직원, 공무원이 많아서 그런지 아무래도 배달 기사라는 직업 때문에 연락이 안 오지 싶어요. 그냥 이 대로 살아도 괜찮습니다."

어르신 기사가 안타까워했다.

"강 기사는 이름이 문제여, 허허. 모솔이 뭐야. 모태 솔로 같잖여. 기다려 봐. 좋은 소식 올 거야. 백날 천날 직업 보면 뭐해. 강 기사같이 인성 좋은 사람이 그런 데 더 어울려."

수경도 고개를 끄덕였다. 훈민은 음료 시음에 관한 설문지를 기사들에게 나누어 주었다. 정성은 음료를 단숨에 마시고 평가표에 별점을 10점을 주었다.

정음과 이준이 근무하는 오후 시간에도 배달 주문이 그럭저럭 들어왔다. 두 사람은 한가한 시간에 교대로 쉬는데, 이준이 먼저 쉬고 들어왔다. 이번에는 정음이 앞치마를 풀고 휴식을 가졌다. 잠시 후, 휴게 시간을 마치고 카페로 복귀하려는데, 편의점 테이블에 어르신 기사가 앉아서 휴대전화를 붙들고 끙끙대는 모습이 보였다. 정음은 어릴 적 자신을 귀여워하시던 할아버지가 떠올랐다. 지금은 돌아가셨지만 무척 그리운 분이다. 정음은 어르신 기사에게 천천히 다가갔다.

"무슨 일 있으세요? 잘 안 풀리시는 것 같아서요."

어르신 기사가 정음을 빼꼼 쳐다보더니 휴대전화를 내밀었다.

"이게 잘 안되네. 이런 건 젊은 사람들이 도와주면 좋은데. 알다시피 자식들도 멀리 살아서. 이 실장도 배달 나가 바쁘고."

"줘보세요, 제가 도와드릴게요."

정음의 말에 어르신 기사는 휴대전화를 내밀었다.

"어르신, 이거 아무래도 서류를 들고 직접 주민센터 방문하시는 게 낫겠어요."

"그, 그럴까? 그럼 이 실장한테 출력해달라고 부탁해야겠네."

"카페에 프린터 있어요, 같이 가세요."

"그래도 되나?"

"네."

그들은 카페로 들어갔다. 정음은 잠시 기다리라고 했다. 그리고 프런트로 가서 사회복지급여 신청서, 소득 재산 신고서 등의 서류를 출력해 가지고 왔다.

"이 서류랑 통장 가지고 주민센터 방문하세요."

"고마워, 정음 매니저."

"뭘요. 그런데 만 65세 지나신 거예요?"

"아니, 아직인데 미리 준비해 두려고. 생일 지나면 돼."

"그렇게까지 연세 안 들어 보이시는데요."

"히히, 그래서 몇 살씩 낮춰서 말하기도 해. 뭐, 나이 들어서 배달 기사 한다면 누가 좋아하겠어. 그래도 도로 위에서 바람 맞아가면서 스쿠터도 타고, 배달해 돈도 벌고 난 좋아."

어르신 기사가 미안한 얼굴로 정음을 보았다.

"앞으로 카페에서 안 기다릴겨. 나이 많은 사람이 들어와 있으면 쓰나."

"그게 아니라 누가 봐도 배달 기사님이신데 테이블을 차지하고 있으면 손님이 밖에서 보고 안 들어오실 수 있어서 그랬던 거예요. 저 의자에 앉아서 기다리세요. 제가 준비해 두었어요."

어르신 기사는 매장 한쪽에 있는 작은 의자를 보았다.

"아하, 그래서 갑자기 벽에 의자가 하나 붙어 있구나. 고마우이. 앞으로 저기서 앉아서 조용히 기다릴게. 나 무선 이어폰도 아들이 하나 보내주었다. 저들 살기도 어려운데 말이지."

"잠깐만요, 어르신."

정음은 프런트 뒤 주방으로 가서 얼른 군고구마 두 개를 종이 접시에 받쳐 내왔다.

"이거 가져가 드세요. 제가 간식으로 먹으려고 했는데 좀 많아서요. 신메뉴인데 치즈를 토핑해서 맛나요."

"고마워, 안 챙겨줘도 되는데. 허허."

어르신 기사는 배시시 웃으면서 고구마를 받아 들고 무선 이어폰을 귀에 꽂았다. 그리고 서류를 가지고 조용히 카페를 나갔다. 정음도 그간 실랑이하던 일이 잘 해결되어서 마음이 한결 가벼웠다.

밸런타인데이가 코 앞이었다. 이성 친구가 없는 송차 카페의 지분 사장들은 오늘도 열심히 일했다. 훈민은 방금 들어온 케이크 주문을 한참 동안 쳐다보았다. 조각 케이크 주문이었다. 그런데 주문자가 조각 케이크 하나를 크게 만들어서 그 위에 남자친구에게 고백하는 말을 새겨줄 수 있느냐는 메시지를 남겼다. 훈빈을 주문을 수락하기 전에 안심번호로 고객에게 전화를 걸었다.

"고객님, 안녕하세요. 송차 카페입니다. 조각 케이크를 크게 만들어 달라고 주문하셨는데요. 저희가 시그니처 케이크는 직접 만들기도 하지만 보통은 제과점에서 들여옵니다. 그래서 조각 케이크를 크게 만들 수가 없습니다."

20대 정도의 여자 목소리가 들려왔다.

"아, 안녕하세요. 저는 카페 근처에 있는 회사에 다니는데, 여기 근처에는 앙금 플라워 케이크를 픽업할 수 있는 데가 없어서요…. 제가 송차 카페 앞을 지나가다 수제 쿠키도 사먹어 봤거든요? 카페에 금손 파티시에가 있는 것 같은데 혹시 도와주실 수는 없는지요? 쿠키가 시그니처 디저트인 것 같은데 먹어보니까 너무 맛있기도 하고 예쁘기도 했거든요. 약과 타르트도 맛있었고요."

훈민은 고민했다.

"언제까지 필요하신데요?"

전화기 너머에서 힘이 빠진 목소리가 들렸다.

"사실 오늘이 남사친 생일인데, 고백해보려고요. 오랫동안 고민했었거든요. 사실 앙금 플라워 케이크를 주문해서 택배로 받으려 했는데 업체 사정으로 오늘까지 도착이 안 된다더라고요….”

　스피커폰으로 들리는 통화 내용을 다경도 듣고 있다가 고개를 끄덕였다. 그리고 '해보자'라는 메모를 훈민에게 보이고 엄지척을 했다. 훈민은 주문자에게 일단 케이크의 종류와 크기, 가격 등을 설명하고, 전하고 싶은 메시지를 보내달라고 했다.

　훈민은 전화를 끊고 앙금 플라워 케이크를 검색해 보았다. 만드는 법이나 재료들을 살폈는데 오늘 저녁까지 만들기는 무리였다. 게다가 다른 주문도 들어올 수 있기 때문에 두세 시간 정도만 투자해 케이크를 만들고 레터링을 입혀야 했다. 훈민은 배달 음료 제조를 다경에게 맡기고 주방을 뒤졌다. 다행히 케이크 장식용 초코 레터링 펜이 있었다.

　먼저 박력분과 계란, 올리고당, 버터, 우유 등을 넣고 잘 저어서 반죽을 만든 다음, 틀에 유산지를 깔고 채워 넣었다. 그리고 오븐에서 40분간 구워냈다. 잘 구워진 스펀지케이크를 틀에서 분리해 그 위에 생크림을 곱게 바르고 미니 약과를 얹었다. 그리고 드문드문 누룽지 시리얼을 부셔서 곱게 뿌렸다. 블루베리, 샤인머스캣과 사파이어 포도를 군데군데 배치했다. 데코레이션을 마친 훈민은 레터링을 쓸 준비를 했다. 레터링 내용이 길어서 케이크 둘레를 빙 돌려가면서 심혈을 기울여야 했다. 그는 초코 레터링 펜으로 글을 적어나갔다.

'민홍아, 그동안 네 여사친이었지만 이제 그러기 싫다.'

다경은 주문 음료를 배달 기사에게 보낸 후 주방으로 들어와 훈민이 케이크를 만드는 모습을 보았다.

"우훗, 훈민 님. 글이 정말 재미있고 재치있네요. 케이크도 너무 예뻐요."

"좋은 날에 행사를 잘 끝내기를 바라는 마음에 최선을 다합니다."

훈민과 다경은 오전 근무를 마치고 주문자가 근무한다는 사무실로 케이크 배달을 갔다. 훈민은 사무실 앞에서 고객에게 문자를 보냈다. 잠시 후 안경을 끼고 머리를 묶은 여성이 나왔다. 그녀는 훈민과 다경에게 다가와 케이크를 받았다. 여성은 케이크를 확인하고 나서 훈민에게 부탁했다.

"정말, 멋져요. 그런데 저 잠깐만 도와주세요."

"네?"

"제가 고백할 때 그냥 두 분이 제 뒤에 서 계셔 주시면 안 될까요?"

"어…, 그건 좀 곤란한데요."

그때 다경이 훈민 앞에 나서서 말했다.

"아닙니다. 도와드릴 수 있어요. 남사친 분이 근처에 계시나요?"

"네, 사무실에서 같이 근무 중이에요. 같이 스타트업을 시작한 지 몇 년 됐거든요. 정말 도와주셔서 고마워요."

훈민과 다경은 여성이 남사친을 불러내는 동안 뒤에 케이크를 들고 숨어 있었다. 다경은 잠깐만요, 하고서 여자의 머리를 풀게 하고 안경을 벗고 틴트를 바르게 했다. 그리고 다시 뒤로 돌아가 숨었다. 몇 분 후 적당한 체격의 훈훈한 남자가 나왔다.

"민홍아."

"무슨 일이야. 사무실 밖에서 말할 게 있다 하고."

"그게…. 생일 축하해."

여자가 손편지를 내미는 순간, 다경은 뮤직 앱으로 달콤한 발라드 음악을 틀었다. 그리고 훈민과 케이크를 들고 천천히 걸어갔다. 남자는 무척 놀란 얼굴이지만 이내 얼굴에 웃음꽃이 피었다.

"내 생일 서프라이즈?"

"응, 생일 축하해. 편지는 나중에 읽어봐. 케이크에 할 말이 간략하게 적혀있어."

남자는 케이크에 쓰인 문구를 읽고 웃기만 했다.

"뭐야, 이거. 진짜 놀라운데?"

여자는 절망적인 얼굴로 물었다.

"전혀 예상 못 한 거야?"

"우리는 스타트업 동료 직원이기도 하고 공동대표기도 하지만 글쎄…."

훈민과 다경은 케이크를 남자에게 넘기고 일단 뒤로 빠져서 지켜보기만 했다. 여자는 민망한 얼굴이고, 남자는 겸연쩍은 표정이었다. 훈민과 다경은 살금살금 그곳을 빠져나와 기숙사로 가는 셔틀을 타러 갔다.

그날 저녁 카페로 전화가 걸려왔다. 정음이 받았다. 남사친이 고백을 완전히 받아들인 것은 아니지만 밸런타인데이에 같이 식사를 하기로 했다는 것이다. 훈민과 다경은 나중에 단톡방에서 그 이야기를 전달받고 환호했다.

기숙사 옆 송차 카페

시련은 블루큐라소 시럽을 첨가한

블루 레모네이드처럼

배달 서비스를 통해 고객이 늘어나면서 3월에는 매상에 식접 방문하는 손님들도 늘었다. 개강하면서 셔틀을 기다리는 학생들이 음료를 사기도 했다. 유치원, 초등학교가 개학을 하면서 학부모 고객도 늘었다. 꽃샘추위가 물러나고 날씨가 풀리면서 어르신 고객도 늘었다.

매출이 상승한 것은 기쁜 일이었지만 이해가 안 되는 고객들도 제법 생겼다. 한번은 훈민이 공강 시간에 매장을 보는 중에 키오스크 작동이 안 된다면서 할아버지 한 분이 버럭 화를 냈다. 훈민은 즉시 달려가 키오스크 주문을 도와드리려 했으나 막무가내로 분노했다.

"아니, 젊은 사람들만 주문할 수 있게끔 하면 써? 에잇!"

"할아버지, 제가 도와드릴게요."

"이봐, 내가 왜 자네 할아버지야!!!"

할아버지의 대갈일성에 마침 알바 시간이 되어 출근했던 정음도 화들짝 놀랐다.

"이게 무슨 일이? 손님. 무슨 일이신지요."

"됐어! 됐어! 여기서 커피 안 사 먹어! 젠장."

훈민은 손님이 나가고 난 뒤 정음에게 자초지종을 말하고 낙담한 표정을 지었다. 정음이 머리를 긁적이다가 고개를 끄덕였다.

그날 밤, 정음은 카페 단톡방에 진상 고객 대처 매뉴얼 세미나를 하겠다고 했다. 모두가 송차 카페의 매니저 겸 지분 사장 역할을 하고 있는 마당에 마다할 수 없었다. 게다가 1, 2월 배달 서비스로 지분을 가져간 그들로서는 카페의 발전을 위해 못 할 일이 없었다. 이미 개강 전에 수강 신청도 최대한 시간이 겹치지 않도록 해서 공강 시간에 카페를 지킬 수 있었다. 부득이하게 수업이 겹칠 때는 혼자 카페를 보기로 했다. 게다가 봄에 퇴원하신다는 송 사장님 연락에 바짝 운영해서 최대한 벌어야 했다.

주말에 모두 송차 카페로 집결했다. 저녁에 카페 문을 일찍 닫고 문을 걸어 잠갔다. 정음은 자그마한 칠판에 글씨를 썼다.

〈진상 고객 대처 매뉴얼〉

1. 고객은 관객이고 우리는 카페에서 드라마를 연기하는 배우이다.

2. 고객은 카페에 대해 아무것도 모른다.

3. 협박을 두려워하지 말고 적정한 선에서 협의를 이끌어내라.

정음은 칠판에 이렇게 적어놓고 크게 외친 후 따라 하게 했다.

"고객은 관객이고 우리는 카페에서 드라마를 연기하는 배우이다!"

"고객은 관객이고 우리는 카페에서 드라마를 연기하는 배우이다!"

모두 따라 한 후에 정음이 자세히 설명했다.

"항공운항과 다니는 제 친구한테 진상 대처 방법을 들어서 공부를 좀 했는데요. 우리의 멘탈을 지키려면 카페에 출근한 순간부터 그냥 드라마 배우가 되었다고 생각하고 각자 역할에 맞는 대사가 주어졌다고 생각하시면 됩니다. 지난번에 훈민 님이 노인에게 할아버님, 어르신 이렇게 칭했다가 더 노발대발한 적도 있었죠. 그들은 관객입니다. 아니면 조연일 수도 있고요. 그러니까 손님들이 난리가 났다고 해서 흔들릴 필요 없습니다. 모두 손님은 '손님'이라고 부릅시다. 그리고 그들은 우리 카페에 대해 아무것도 모른다고 생각합시다. 그러니 메뉴를 몰라도 가르쳐줍시다. 자 연습해 볼까요?"

정음은 훈민과 이준을 상대로 손님과 카페 매니저 역할을 번갈아 가면서 연습시켰다. 정음이 마지막 3번을 가리켰다.

"나이가 많다고 우리를 아래로 보는 사람도 있을 수 있고, 같은 대학생이어도 무시하는 사람이 있을 수 있습니다. 자영업 하기 싫은 이유가 진상 손님 대처하기 힘들어서라니 말다 했죠. 하지만 진상 손님이 리뷰에 별점 테러를 할 수 있으니 그냥 돌려보낼 수도 없어요! 따라서 그들의 요구를 주시하고 들어주되 협상을 통해 우리에게도 유리한 방향으로 이끌어서 돌려보내자는 겁니다."

다경이 손을 들어 질문했다.

"만약에 재료가 소진되었는데 막무가내로 해달라고 짜증을 부리면 어떻게 하죠? 지난번에 그런 손님도 있어서요."

정음이 확연히 말했다.

"잘 달래야죠! 어르고 달래다 안 되면 단호하게 규정상 할 수 없다고 밀고 나가야 합니다."

이준이 한숨을 푹 쉬었다.

"솔직히 저는 이 고생을 왜 하는지 모르겠습니다. 1월, 2월에 번 돈으로 명품은 못 샀지만 그래도 성수동 무신사 스토어 가서 사고 싶은 에코 레더 재킷이랑 트위드 재킷을 사긴 했어요. 그런데 막상 여기 매여 사느라 서울 오디션에는 얼굴도 못 비친다고요."

다경도 한숨을 쉬었다.

"이제 엄마도 퇴원하시면 그냥 알바생으로 돌아가고 싶은 건 저도 마찬가지예요. 엄마 가게를 살리느라 손님들에게 시달려서 살맛이 안 나요."

훈민도 한숨을 쉬기는 마찬가지였다. 생활비는 해결됐지만 스트레스가 이만저만이 아니었다. 하지만 정음은 이대로 지분 사장 형식이 무너져서는 안 된다는 생각에 목소리를 높였다.

"저기요, 송차 카페 사장님들, 이제 진짜 사장님 퇴원해 오시면 지금 이 체계도 무너지니 마지막 피치를 올려봅시다요. 오늘 기사에서 봤는데 '식스센스 야오 노이'라는 완벽한 휴양지가 있답니다. 자 한 번 보세요."

정음이 태블릿을 돌렸다.

"선셋을 배경으로 너무 멋진 바다가 펼쳐져 있죠. 푸켓에 있는 풀빌라인데, 보트 타고 들어가서 아무것도 안 하고 찰랑거리는 바닷물에 발을 담그고 자연 속에서 푹 쉴 수 있대요."

훈민과 이준, 다경이 눈을 크게 뜨고 집중했다.

"우리 돈 모아서 여기로 놀러 갑시다."

정음은 사실은 속으로 어서 돈을 더 모아서 라식 수술과 쌍꺼풀 수술을 하고 싶다고 생각했다. 하지만 이들을 다독여야 일이 잘 굴러간다.

이준이 말했다.

"나도 여기 들어본 적 있어요. 울창한 숲도 있고 바다도 있고 한적하고 깨끗하고 사람 적은 푹 쉴 수 있는 데라고 들었어요. 정말 우리 돈 잘 벌어서 이런 데 가봐요!"

훈민도 가족이 없어 여행 갈 기회가 거의 없었다. 다경도 엄마가 아프셔서 여행은 꿈도 꾸지 못하는 형편이었다.

"그럴까요! 가자고요. 방학 때."

"아니 기말고사 끝나고 주말에 가도 되죠. 가게 닫고요. 가능하다면요!"

다들 의기투합했다.

신학기가 시작되고 며칠이 지났다. 3월에는 각종 전공 수업의 조별 과제를 위해 조를 구성해야 하고, 동아리도 재정비를 거쳐 신입회원을 모집해야 그들에게 일을 넘기고 전공 공부에 집중할 수 있었다. 낫대박 도박방지 동아리 신입회원 모집 글을 올렸지만 지원자는 한 명이었다. 이러다가는 축제 부스나 캠페인 준비, 운영부터 동아리 활동 보고서 작성까지 전부 혼자 해야 한다. 그럴 수는 없다. 고생길이다. 게다가 4월에는 중간고사가 있다. 정음은 이맛살을 찌푸렸다. 간호학과는 3학년부터 거의 실습으로 이루어진 데다, 수업을 몰아서 듣기 때문에 학점을 올리려면 2학년이 최적기이다. 그러려면 전공 공부를 소홀히 할 수 없다. 하지만 탄력이 붙은 송차 카페 매출도 포기할 수 없었다.

1월에는 경비를 제외하고 한 사람당 51만 원씩 가져갔고, 2월에는 90만 원 조금 넘게 가져갔다. 물론 엄청나게 고생했다. 휴무도 없이 일하는 전일제 알바였지만 매출 상승 추이를 보면 3월에 기숙사에 학생들이 더 들어오고 날이 따뜻해지면 매출은 현재의 두 배를 넘길지도 몰랐다. 하지만 공부에 매진도 해야 하니 고민이 되는 것도 사실이었다. 정음이 그렇게 복잡한 생각에 잠겨 있던 그때, 이준이 카페 문을 열고 들어서는 고객에게 인사했다.

"안녕하세요, 송차 카페입니다."

머리에는 두건을 쓰고 캐리어를 들고 들어서는 어딘가 낯익은 얼굴에 정음이 화들짝 놀랐다. '엇, 다경이네 어머니.' 예전에 카페에 손님으로 왔다가 뵌 적 있었다.

"어, 어머니. 아니 사장님…."

"어? 다경이 룸메이트죠? 우리 만난 적 있죠."

"퇴원하신 거예요? 다경이는 오전에 일하고 지금 기숙사에 있어요."

"…다 알아요. 그동안 포털 사이트에 송차 카페 검색도 해보고, 방문 리뷰도 보고, 배달 서비스 리뷰도 보았어요. 블로거들이 올린 글 읽고 모두 알게 됐어요. 나도 배달 앱 열고 송차 카페 시그니처 음료랑 누룽지 쿠키 얼마나 병원으로 주문하고 싶었는데요. 고마워요…."

송미선은 눈시울이 붉어졌다. 잠시 후 다경이 연락을 받고 달려왔다.

"어, 엄마. 연락도 없이…. 내가 다 설명할게."

"너 카페 일 보느라 바쁠 텐데 그냥 혼자 왔지, 뭐."

그날 밤에 카페 문을 닫고 송미선은 훈민과 다경, 정음과 이준에게 정식으로 감사 인사를 전했다.

"엄마, 이제 다시 카페를 예전으로 돌리는 거야?"

송미선이 고개를 저었다.

"무슨. 이렇게 카페를 멋지고 예쁘게 꾸몄고, 훈민 매니저가 애써서 음료 개발도 해놨는데. 난 당분간 병원도 다녀야 하니까, 중간중간 내려와 도와줄게. 지금 방식대로 해줘요, 부탁해요. 매니저님들이 강의 듣느라 공부하느라 바쁘면 내가 언제든 도울 테니까."

"고맙습니다, 사장님."

정음이 대표로 고개를 숙여 인사했다.

"정음 학생, 고마워요. 이제 매니저라 불러야겠죠? 나 배달 서비스 주문받고 음료 픽업 준비하는 거 가르쳐줘요. 훈민 학생은 시그니처 메뉴 만드는 것 도와줘요. 앞으로 쿠키나 빵은 내가 레시피대로 구워볼게요. 그리고 오픈 시간에 맞춰 나와요. 예전처럼."

훈민은 입가에 미소를 띠었다.

"다 정리해 두어서 어렵지 않습니다, 사장님. 건강에 신경 쓰시고 너무 걱정하지 마세요."

"고마워요."

그날은 다 같이 2층에 올라가 삼겹살을 굽고 쌈 채소를 내와 작은 파티를 열었다. 훈민은 1층 매장에서 새로운 음료를 만들어 시음을 부탁했다. 이준은 살찐다면서도 삼겹살을 가장 많이 먹었다. 다경은 정음과 음료를 시음하면서 일일이 평가표를 적어보았다. 송미선은 이들을 보며 흐뭇한 미소를 지었다.

정음은 계속해서 SNS로 동아리 신입회원들을 모집했다. 하지만 생각만큼 지원자가 모이지 않았다. 도박방지 동아리 낫대박은 작년에 정음이 선배 언니와 함께 만든 신생 동아리이다. 학교 행사에서 주도적으로 도박방지 캠페인을 진행했지만, 그렇게 인기 있는 동아리는 아니었다. 이제 전공 공부에 집중하고 3학년 때는 병원 실습도 나가야 하니까 반드시 후배들에게 모든 걸 넘겨야 했다. 회장 자리도 포함해서. 그러나 아무리 홍보를 해도 동아리 지원 학생이 거의 없다시피 하자, 담당 교수님에게도 SOS를 쳐서 가르치는 학생들에게 홍보를 부탁했다. 정음은 이번에는 홍보 문구를 고쳐보았다.

✔ 별도로 시간 투자 없이 그냥 줌으로 비대면 회의를 합니다.

✔ 부담 없는 동아리 활동, 재활병원에서 인정해주는 스펙이 되는 낫대박 동아리~

✔ 축제 때 캠페인 부스를 열고 정산하는 간단한 일만 하는 동아리 낫대박!

이런 식으로 귀찮은 게 없다는 걸 강조해 홍보하니 지원자가 약간 늘었다. 정음은 동아리 첫 회의에 모든 자료를 들고 갔다. 캠페인 굿즈 상품 디자인과 업체별 전화번호, 업체 홈페이지와 굿즈 주문하는 방법, 그리고 나중에 동아리 지원금 정산하는 사이트도 알려주었다. 동아리 업무를 인수인계하고 나니 마음이 놓였다. 이제 성적과 송차 카페 두 마리 토끼만 잡으면 된다고 여겼다. 어차피 연애나 여행, 취미나 동호회는 당분간 없다는 생각으로 살기로 했다.

'살아남으려면 지금은 선택과 집중을 해야 한다. 정음아, 열심히 살자.'

한편, 사무실 책상에 멍하게 앉아 있던 정성은 과거를 돌아보았다. 도박에 중독돼 아내, 아들과 헤어지고 조폭에게 큰 빚을 지게 되면서 필리핀으로 건너가 이름까지 바꾸고 쥐 죽은 듯 살았다. 그러다가 한국에 들어와 일용직을 전전하며 조금씩 돈을 모아 집을 얻었다. 죽을죄만 지은 탓에 아내와 아들, 본가 부모님께도 차마 연락하지 못했다. 그러다가 배달업이 활성화되면서 배달 기사로 일했다. 동료였던 고등학생 배달 기사와 친하게 지냈다. 아들이 지금쯤 고등학교에 진학했을 나이일 거다. 자리를 잡으면 언젠가 아내와 아들에게 연락해야겠다고 마음을 먹은 것도 그쯤이다. 그러던 어느 날 고등학생 배달 기사가 불의의 사고로 세상을 떠났다. 고등학생 기사가 가족과 연락이 닿지 않자 정성은 상갓집을 지키면서 상주 노릇을 했다. 그때야 가족의 중요성을 깨달았다. 불현듯 죽는 날이 올 수도 있는데, 미루다가 가족들의 얼굴도 못 보고 죽는 일도 있겠다 싶었다.

그는 즉시 가족들을 수소문했다. 본가와 주민센터에 가서 알아보니 아내는 3개월 전에 이미 세상을 떠났고 중학교를 졸업한 아들은 아동보호시설로 가서 고등학교에 진학했다는 것이다. 모든 게 자신이 연락을 끊어서 생긴 일이다. 큰 충격을 받았다. 아내와 아들에 대한 죄책감에서 벗어나고 싶어 술을 찾고 모든 일을 그만두려고 했지만 어르신 기사의 훈계가 큰 도움이 되었다.

정성은 아동보호시설에서 생활하는 아들에게 연락하려고 했지만 차마 하지 못했다. 그만큼 죄책감이 컸다. 대신 아들의 후원 계좌에 꾸준히 입금하고 아동보호시설 행사 때마다 먼발치에서 지켜보았다. 어릴 적 헤어진 아들은 자신의 어릴 적 얼굴과 비슷한 구석이 있었다.

아들이 대학교에 입학하고는 그 근처에서 배달 사무실을 차렸다. 아들을 곁에서 지켜보고 싶었다. 그러다 아들이 같은 상가 건물 1층에서 카페 일하게 되었다는 것을 알고 우연히 마주쳤을 때, 그는 심장이 떨어질 것만 같았다. 정성은 그렇게 아들에 대한 마음을 숨기고 있었다.

배달 앱에서 알림이 왔다. 송차 카페. 정성은 고민했다. 동풍 라이더스 식구들이 모두 배달을 나가 직접 가야 하는데 고민이 되었다. 하는 수 없이 자리에서 일어나 1층 카페 문을 열고 들어갔다. 훈민이 배달 음료를 제조하고 있었다. 이런, 정성은 다시 뒤로 돌아 나가려는데 훈민이 외쳤다.

"기사님! 부탁드립니다."

정성은 뒤를 돌아 천천히 훈민을 보았다. 헬멧과 고글을 썼기 때문에 그의 표정은 읽히지 않을 것이다.

"아파트 2단지로 가시면 됩니다."

훈민은 배달 음료 봉투 안에 정성스레 적은 손편지를 넣었다. 정성은 봉투를 들고 나섰다. 봉투가 무척 따뜻하고 고구마 냄새가 솔솔 났다. 그는 오토바이로 걸어가면서 비죽 튀어나온 손편지를 읽었다.

저희 송차 카페를 찾아주셔서 감사합니다.

이렇게 인연이 되어 고맙고 즐겁습니다.

저희가 정성스레 만든 음료와 간식 즐겨주시고

행복한 하루 되세요~

오토바이에 오르자 눈물이 났다. 시동을 걸고 출발하면서 애써 참으려 했지만 눈물이 줄줄 흘러내렸다. 봄바람은 따뜻한데 눈이 시리고 한기가 느껴졌다. 잘못된 인생을 살아 아들에게 다가가지도, 불러보지도 못하는 고통 속에 있다.

정성은 이중호였던 이름을 개명해 지금의 이름을 사용하고 있다. 정성을 다해 인생을 살자는 다짐이 깃든 이름이다. 하지만 맘대로 안 되는 게 인생이다. 아들은 자신을 모른다. 알게 된다면 어떤 반응이 나올까 두려웠다. 안 좋은 결말로 끝나 다시는 보지 못하게 되는 거는 아닌지 두려웠다. 아니면 아들이 자신의 정체를 알고 충격을 받아 학교를 휴학할까 두려웠다.

카페 일과 학교 일에 정진하는 아들의 멋진 모습에 감탄하고 있다. 그 평온함이 깨지면 더는 돌이킬 수 없게 될지 모른다. '그건 안 된다. 천천히 가야 한다.' 정성은 그렇게 생각하면서 마음을 다지고 또 다졌다.

배달이 많은 바쁜 점심시간이 지나 동풍 라이더스 사무실에 여유 시간이 주어졌다.

"허허허. 어깨가 아파서 정형외과에 갔는데, 수술을 하라더라고. 근데 어느 날 빨래 널려고 어깨를 홱 돌렸는데 우지끈 소리가 나면서 무지하게 아픈 거여. 그런데 그때부터 어깨가 안 아파. 신기하지. 허허허허허."

어르신 기사의 너스레에 동풍 라이더스 사무실에 훈풍이 불었다. 나이가 많은 어르신이 사무실을 늘 웃게 만들었다. 모솔은 시바견 메리에게 밥과 물을 챙겨주었다. 정성이 거둔 개이지만 늘 모솔이 챙겼다. 수경이 모솔에게 다가와 과자를 내밀었다.

"살짝 배고픈 데는 간식만 한 게 없죠. 메리만 챙기지 말고 본인도 챙겨요."

모솔은 고마운 마음에 얼굴에 홍조가 올랐다. 정성이 배달을 마치고 사무실 앞 계단에서 잠시 쉬는데 어르신 기사가 다가왔다. 그는 정성에게 블루 레모네이드 음료를 내밀었다.

"좀 마셔봐. 송차 카페에서 자네 것까지 사봤어. 개인 컵을 가져가면 환경분담금 깎아주니까 이득이지. 달달한데 색깔은 꼭 자동차 워셔액처럼 파랗다니까. 근데 맛은 기막혀. 거 뭐래더라. 블루… 큐라소였던가 아무튼 시럽을 넣었다는데, 그래서 파랗다는군."

"감사합니다. 어르신."

"이 실장, 요즘 들어 얼굴이 어두워. 뭐 고민이라도 있는가."

"아, 아닙니다. 괜찮습니다."

"나중에 사우나라도 같이 가자고. 자네가 꼭 조카 같기도 하고 그래."

"네, 고맙습니다."

정성과 어르신 기사는 나란히 계단참에 앉아서 블루 레모네이드를 마셨다.

"시련이 있어도 인생에는 이 음료처럼 달달한 일도 숨겨져 있으니까, 좋은 날이 올 때까지 기다려 보는 게 삶의 지혜지, 암."

정성은 자기도 모르게 고개를 끄덕였다. 어르신 기사는 자신의 흑역사를 알고 있다. 언젠가 소주잔을 기울이며 나쁜 일에 얽혔던 과거에 대해 이야기했다. 어르신 기사는 나쁜 과거로 다시 돌아가지만 않는다면 괜찮다고 다독였다. 정성은 블루 레모네이드를 다 마시고 얼음만 남은 컵에 생수를 부어 시원하게 마셨다.

마시면 사랑에 빠지는 큐피드

벚꽃 블라썸 밀크티

수경은 아들 새준과 아이보리 컬러 바람막이를 맞춰 입고 집을 나섰다. 화창한 봄날이다. 쌀쌀한 바람이 조금 불기도 했지만 바람막이를 입으면 시원하기만 했다. 수경은 재준을 유치원에 데려다주는 중이다. 아들과 같이 헬멧을 쓴 후 아들을 번쩍 들어 안장 뒤 어린이 좌석에 앉히고 안전벨트를 채웠다. 수경은 바람막이 안에 레이스 블라우스에 큐롯 팬츠를 입고 경쾌하게 자전거에 탔다.

아들을 데려다주고 돌아가는 길, 봄비가 내리기에 자전거에서 내려 천천히 걸었다. 장도 보고 우산도 사려고 마트 안으로 들어갔다. 수경이 반찬거리를 사서 나가려는데 누군가와 부딪혔다.

"앗, 죄송합니다. 어! 수경 기사님."

모솔이었다.

"강 기사님?"

"저도 오늘 오전에 쉬어서요. 여기에 부딪히셨나 봐요. 죄송해요."

그는 어깨에 기타 가방을 메고 있었다.

"기타 수업 가기 전에 잠깐 생수 좀 사려고 들렀어요."

"그러시구나."

수경과 모솔은 마트 앞 빈 의자에 앉았다. 차양이 있어 비를 맞지 않았다. 모솔은 생수를 따서 수경에게 건넸다.

"좀 드세요. 평소와 다르게 입으셔서 못 알아봤어요."

"그건 저도 그러네요. 스웨터에 청바지 입은 모습은 처음 봐요. 강 기사님."

"하하. 이건 비밀인데요, 사실 연락이 왔어요."

"네?"

"'진정 솔로'에서 출연자로 나가게 됐다는 연락이 왔어요. 모태 솔로 특집이래요!"

"우와! 강 기사님 축하드려요."

"이름 덕분인가, 히히."

"설마요. 이름하고는 상관은 없을 거예요. 어쨌든 촬영 잘하고 와요."

"그, 그렇겠죠? 다음 주부터 일주일간 휴가 내고 다녀오려고요. 제가 없는 동안 잘 부탁드립니다."

수경은 고개를 끄덕이면서 웃었다.

"걱정 말아요. 좋은 사람 만나셨으면 좋겠네요. 용기 팍팍 불어 넣어드릴게요. 강 기사님은 용기만 좀 더 장착하면 분명히 좋은 분 만날 수 있을 거예요."

모솔의 입가에 웃음이 걸렸다.

"그런가요? 엇, 기타 수업 시간 돼서, 이만 일어날게요."

비는 어느덧 그쳤다. 수경은 모솔이 준 생수를 챙겨서 자전거 세워둔 곳으로 갔다.

정음은 카페 일과 시험을 병행하면서 여전히 시간이 부족하다고 느꼈다. 그 탓인지 약리학, 병리학 등 암기 과목 성적이 좋게 나오지 않았다. 카페에서 일하는 틈틈이 공부도 했지만 요즘 집중이 잘되지 않았다. 간호학과 관련해 학과 성적을 코칭해주는 알바까지 새로 시작하면서 이래저래 시간 쓸 일이 많았다. 퇴근할 무렵 정음은 카페 구석구석을 청소하다가 왈칵 눈물을 쏟았다. 커피머신을 분해해 청소하던 이준이 놀라서 다가왔다.

"정음 님, 무슨 일이에요?"

정음이 걸레를 던지며 바닥에 털썩 주저앉았다.

"나 망했어요. 엉엉엉. 전공 시험 망쳤다고요. 이게 무슨 일인지 모르겠어요."

정음은 그간 자신이 사기를 당해 큰돈을 잃었고 라식 수술 등을 위해 다시 돈을 모으고 있다고 얘기했다.

"에휴, 그런 일이 있었구나. 여기에서 일하는 그 누구도 돈과 학점에서 자유롭지 못하네요. 나도 아이돌 오디션 본답시고 전공 시험을 망쳐도 그런가 보다 하지만, 경제적 논리에서 보면 나야말로 인생이 어찌 흘러가는지 모르겠어요. 시간을 한 곳에 몰아 투자해도 될까말까인데…. 그래도 나를 위해 기도하는 가족 생각하면 이럴 수는 없죠. 혹시, 내일 같이 서울 갈래요?"

정음이 눈물을 주먹으로 훔치고 반문했다.

"네? 서울이요?"

"네. 내일은 사장님이 가게 보시는 날이잖아요. 지하철 타고 잠깐 갔다 와요. 성수동 무신사 스탠다드 매장에 신상이 나와서, 댄스 학원에 일일 레슨 받으러 가는 김에 들르려고요."

"그래요? 나도 댄스 학원 참관해도 돼요?"

정음이 눈을 초롱초롱하게 뜨고 물었다.

"네. 스튜디오 벽이 통유리거든요. 밖에서 구경해도 돼요."

다음날 이준과 정음은 전철역에서 만났다. 전철역까지 셔틀을 나란히 타다가 괜한 오해는 사고 싶지 않았다. 남사친, 여사친도 아니고 직장동료일 뿐인데 오해를 받기는 싫었다. 전철역에서 만나 각자 휴대전화를 보거나 이야기도 조금씩 하면서 서울로 향했다.

두 시간이 걸려 서울에 도착했다. 댄스 학원 가기 전에 무신사에 들러 신상 옷을 한 벌씩 샀고 SNS 핫플이라는 파스타집에 갔다. 단독 주택을 개조한 매장 안에는 잔잔한 조명 아래 갈대가 장식돼 있었다. 손님들은 대부분 연인이나 친구 사이였다. 이준과 정음은 줄 서서 기다리다가 자리를 안내받고 매장의 시그니처 메뉴인 갓김치 볶음밥과 머랭 떡볶이를 먹었다. 이준은 평소보다 더 많이 먹었고 정음은 음료로 시킨 크랜베리 주스까지 다 마셨다. 식사대는 정확히 나누어 계산했다.

배불리 먹고 나온 두 사람은 이준이 안내하는 댄스 학원으로 갔다. 작은 체육관만 한 규모의 댄스 스튜디오에 외국인, 아이돌 지망생 등 수십 명의 수강생이 모여서 케이팝 댄스를 배우고 있었다. 최신 아이돌 음악에 맞춰 가볍게 몸을 풀기도 하고, 힙합이나 팝핀 레슨도 이어졌다. 강사들이 학생들 앞에 서서 춤을 가르쳐 주기도 했다. 정음은 유리창 밖에서 지켜보았는데 이준은 무척 신나게 추고 있었다. 특히 걸그룹 댄스가 잘 어울렸다. 아이돌처럼 잘 추는 사람도 있고 처음 춰보는 듯 몸치인 사람도 있고 각양각색이었다. 자유롭고 보기 좋았다.

문득 정음은 부모님을 떠올렸다. 나를 위해 지치고 힘들 때마다 기도하는 사람들이다. 생각만 해도 눈물이 나는 한편 왜 우리 집은 가난한데 동생까지 있어서 용돈도 풍족히 받지 못하는 건가 하는 마음도 들었다. 이런저런 생각을 하다 보니 댄스 수업이 끝났다. 전철역으로 돌아가는 길에 이준이 고백하듯이 말했다.

"어릴 적에 할머니하고 살았어요. 시골에서요. 부모님 두 분 다 일을 하셔서 어쩔 수 없었죠. 목욕을 게을리하니까 애들이 냄새 난다고 놀리기도 하고…. 많이 쫄아 있던 시기였어요. 그런데 고등학교 올라가면서 뒤늦게 춤에 소질이 있는 걸 알게 돼서 댄스 학원에 다니다 아이돌 지망생이 됐는데, 좀 늦은 감이 있죠. 그래도 나중에 후회하기 싫어서 도전해 보려고요. 정음 님은 항상 당당하고 앞장서서 리더십을 발휘하는 모습이 존경스러워요."

정음은 활짝 웃으면서 답했다.

"어릴 적에 엄마가 인생을 헤쳐나가려면 강인해야 한다고 하도 말씀하셔서 겉늙었나 봐요. 속은 비실비실하고 유리 멘탈일지도 모르죠. 사실 지금 카페에서 제 포지션을 다경 님이 해주면 좋겠는데, 다경 님과 룸메를 해보니 그러기 쉽지 않은 성격이거든요. 아무래도 내성적인 경향이 있어서…. 그래서 제가 총대를 멘 거죠, 뭐. 말이 좀 거칠게 느껴진 부분이 있었다면 죄송해요, 이준 님."

"앞으로 서로 개선해 나갈 점이 있으면 서로 말해주기로 합시다. 전 누군가 개선점을 말해줘야 뒤늦게 깨닫는 것 같아요."

이준은 전철역 앞 휴대폰 매장에서 신나는 음악이 나오자 로봇 댄스를 추면서 천천히 에스컬레이터에 올랐다. 정음은 깔깔깔 시원하게 웃었다. 얼마 만에 이렇게 재미있게 놀았는지.

'그래, 이게 본연의 대학 생활이겠지. 그래도 내일부터는 다시 송차 카페의 사장이다'라고 다짐하면서 정음은 전철에 올라탔다. 2시간 동안 타고 가다가 전철을 내려서 셔틀버스를 나란히 타고 기숙사로 돌아갔다.

훈민과 정음은 기숙사 라운지에서 4월 벚꽃 개화 시기를 겨냥한 새로운 메뉴 개발을 위해 회의를 소집했다. 정음은 미니 칠판에 '벚꽃 블라썸 음료 출시'라고 적었다. 훈민은 아이스박스에서 음료 베이스와 도구, 각종 파우더가 든 유리병을 꺼냈다. 그리고 설명을 시작했다.

"지금 많은 곳에서 벚꽃을 모티브로 한 한정판 음료와 간식, 굿즈들을 내놓고 있습니다. 정확한 판매량은 알 수 없지만 카페를 트렌디한 분위기로 바꾸는 효과를 기대할 수 있습니다. 그래서 우리도 벚꽃을 아이디어로 음료를 개발했으면 해서 오늘 회의를 소집한 겁니다."

그는 재료를 들고 설명했다.

"이건 쇼핑몰에서 파는 벚꽃 파우더입니다."

"벚꽃 파우더?"

"네. 베이비핑크색을 띠는 가루로 핑크빛 음료를 제조할 때 쓰이죠. 벚꽃 향이 납니다. 그리고 이건 핑크 레모네이드 파우더입니다. 그리 비싸지 않아요. 여기에 꽃향기가 진하게 나는 자스민티를 베이스로 해서 밀크티를 제조할 수 있습니다. 이 가루들과 탄산수 그리고 자몽청을 가미해 산뜻한 아이스 음료로 만들어 낼 수 있습니다."

다경이 훈민을 도와 음료를 만들었다. 벚꽃 파우더 두 큰술에 핑크 레모네이드 가루를 두 큰술 넣고 따뜻한 물을 부어 녹였다. 그리고 유리잔에 부어 자몽청을 한 큰술 추가하고 동그란 얼음을 넣은 후 탄산수와 자스민티를 넣어 잘 섞었다. 유리막대로 잘 저은 음료를 정음과 이준에게 건넸다. 정음이 음료를 맛보았다. 훈민과 다경은 떨리는 눈으로 그들을 보았다. 정음이 눈을 동그랗게 떴다.

"우왓, 프랜차이즈보다 맛있어요. 우리 음료가 더 벚꽃 블라썸 맛인데요? 이름은 어떻게 할 거예요?"

훈민과 다경이 입을 모아 외쳤다.

"마시면 사랑에 빠지는 큐피드 벚꽃 블라썸 밀크티 아이스!"

훈민은 이번에는 우롱티 베이스에 벚꽃 파우더를 넣어 밀크티를 만들어 보았다.

"이건 마시면 사랑에 빠지는 큐피드 벚꽃 블라썸 자매품 우롱 밀크티입니다!"

정음과 이준은 메뉴판에 4월 한정 신메뉴를 올려보기로 했다. 둘이서 디자인을 뽑아보기로 했다.

정음은 한 가지 안건을 냈다.

"우리가 근무하는 시간에 벌어지는 일은 각자 오전 조 마감 조가 나누어서 하잖아요. 일단 중요한 안건은 리뷰에 댓글 달기입니다. 그간 사진이 있든 없든 리뷰를 올려주신 고객님께 댓글을 달아드렸잖아요. 제가 어떤 카페 브이로그 영상을 보니 성공한 배달 전문 카페는, 사장님들이 고객과 썸을 타듯이 댓글을 달더라고요. 그냥 복붙이 아니라 리뷰 내용, 메뉴, 재료까지 언급하는 수준이죠. 그러니 우리도 그런 식으로 오전 배달은 오전 조가, 오후 배달은 우리 마감 조가 정성스레 댓글을 달아줍시다."

다경이 방그레 웃으며 말했다.

"알았어요, 저는 웹소설처럼 독자님들을 대하는 마음로 댓글을 정성껏 달게요."

이준도 회의시간에 오랜만에 입을 열었다.

"전 제 인스타그램과 유튜브 계정이 있거든요. 합치면 팔로워가 몇천 명은 돼요."

"정말요? 우와."

다경의 반응에 이준은 별거 아니라는 제스처를 취했다.

"팔로워나 구독자 수는 다른 인플루언서들에 비해 적은 거죠. 그런데 요즘은 길거리 캐스팅 대신 인스타 디엠으로 캐스팅하는 회사가 많아서 연예인 지망생들은 사진을 잘 찍어서 올리거든요."

훈민이 물었다.

"전문 사진작가가 찍어줘요?"

"아뇨, 제가 삼각대 들고 다니면서 직접 찍죠. 그럭저럭 연습을 많이 했더니 꽤 괜찮게 찍어요. 기숙사 근처에 저만 아는 포토존이 있거든요. 하여튼 저도 제 채널에 적극적으로 홍보를 해볼게요."

정음은 고개를 끄덕이고 훈민과 다경은 미소를 지었다. 이준은 자신의 채널에 어떻게 올릴지 고민했다.

며칠이 지난 어느 날 다경이 기숙사에서 빨래를 돌리고 있던 중이었다. 황급히 세탁실로 들어온 정음이 다경에게 다가와 말을 걸었다.

"혹시 이거 봤어? 에브리타임 앱에 사기를 치는 카페가 있다고 올라온 거."

정음은 휴대전화를 열어서 보여주었다.

[이런 글 혹시 보신 분 계세요?]

"○○ 카페에서 큐피드 벚꽃 블라썸 밀크티를 마셨는데 거짓말처럼 사랑이 찾아왔어요!♡" << 이런 글을 SNS 어디선가 접한 적 없으세요? 저도 그런 글에 낚여서 배달 앱을 열고 그 메뉴를 시켰는데 사랑은커녕 시험만 망쳤어요!

그 글에 누군가의 댓글이 달렸는데, 카페를 찾아보니 셔틀버스 중간 정류장에 있는 송차 카페 같다면서 괘씸하다고 했다. 말도 안 되는 거짓말로 홍보한다는 것이었다. 그리고 스타벅스 메뉴의 짝퉁이라는 댓글도 있었다. 다경이 놀라서 외쳤다.

"큰일났다. 어서 메뉴에서 '마시면 사랑에 빠지는' 이런 단어들을 통으로 빼야 해."

"그나저나 누가 거짓말처럼 사랑이 찾아왔다고 어디에 올린 거야? 구글에서 찾아보자."

검색하니 영상 몇 개가 잡혔다.

"오잉! 이게 누구야? 이준 님 아니야? 대박! 맞지."

정음은 눈을 동그랗게 뜨고 대박, 하고 또 외쳤다. 이준은 자신의 유튜브 채널과 인스타그램 릴스에 아이돌 댄스 챌린지 영상을 올리고 자막에 '송차 카페에서 큐피드 벚꽃 블라썸 밀크티를 마셨는데 거짓말처럼 사랑이 찾아왔어요!♡'라는 문구를 띄웠다.

다경이 배시시 웃었다.

"멋지다. 역시 아이돌 연습생인가봐. 우리 카페에 있기는 아까운 인재인데."

"다경아. 정신 차려. 지금 거짓과 조작으로 우리 카페가 침몰 위기에 있다고. 이런 악플이 여러 개 달리면 큰일이야. 요즘 악플이나 별점 테러 때문에 폐업하는 가게가 꽤 있어."

다경은 고개를 절레절레 흔들었다.

"안 돼! 안 돼! 엄마랑 내가 살아가는 터전이고 지금은 우리가 살려서 대박나야 해."

"그러니까 이런 거짓은 안 돼. 일단 메뉴판도 모두 고치고, 이준 님보고 내리라고 해야겠다."

정음은 즉시 이준에게 전화를 걸었다. 하지만 수업을 듣는지 응답이 없다.

"에브리타임 앱으로 지금 어디에서 수업 듣는지 보자."

다경은 앱을 열어서 이준이 지금 마케팅 수업을 듣는다는 걸 알아냈다.

"어서 경영관으로 가자. 아직 수업 전이야. 건조기는 나중에 돌려."

다경은 학교 내에서 타고 다니는 전기 자전거에 정음을 태우고 헬멧을 썼다.

"히히. 내가 사람을 배달하는 것 같네. 너를 뒤에 다 태우고."

"시간 없어. 웃을 때가 아니야. 이머전시야!"

경영관에 도착해 자전거에서 내린 다경과 정음은 계단으로 올라갔다. 아뿔싸. 305호로 교수가 들어가는 게 보였다. 하는 수 없이 다경과 정음은 허리를 숙이고 강의실 뒤로 조심스레 들어갔다. 교수가 출석 체크를 시작했다. 다경과 정음은 슬며시 두리번거리다 이준을 발견했다. 맨 뒤에 앉아 있었다. 이준은 책에 코를 박고 있었는데 다경과 정음이 포위하듯이 양옆에 앉아서 속삭였다.

"이준 님, 대박 큰일 났어요."

이준이 깜짝 놀라 고개를 들었다.

"어? 다경 님, 정음 님…. 무슨 일이에요?"

정음은 톡에 자초지종을 간단하게 적고, 앱에 올라온 글을 스크린샷으로 보내주었다.

"큰일이네요."

다경과 정음은 수업을 듣는 척하다가 중간 쉬는 시간에 강의실을 나왔다. 이준은 수업이 끝나고 사과 영상을 올리겠다고 했다. 그날 밤 이준은 사과 영상을 찍어 정성스레 편집해 올렸다. 송차 카페에서 일하는 직원인데 새로 나온 신메뉴를 잘 팔아보고자 벌인 해프닝이었다고 사과를 올렸다. 그리고 만약 카페를 방문하면 자신의 재량으로 음료값을 깎아주겠다고 했다. 그리고 인하된 가격은 자기가 일해서 받는 돈에서 부담하겠다고 했다.

그렇게 소동이 진압되고 며칠이 흘렀다. 수업이 끝난 훈민과 다경이 카페에서 근무하는데 문이 열리고 앳된 여자 중학생 3명이 들어왔다.

"큐피드 벚꽃 블라썸 밀크티 아이스로 세 잔이요!"

합창하듯이 주문을 했다. 다경도 이준이 올린 영상을 보았고 정음과 회의해 그렇게 하기로 했다. 다경이 인하된 가격으로 계산을 하려는데 여중생들이 외쳤다.

"참, 안 돼요! 이준 오빠 알바비에서 제하지 마세요."

"맞아요. 안 돼요! 우리는 이준 오빠 도와주려고 왔어요! 멀리서 왔다고요."

이 무슨, 알고 보니 이준이 올린 사과 영상이 춤추면서 올린 메뉴 홍보 영상과 함께 인스타그램에 짤로 돌아다닌다는 것이다. 그날부터 이준이 근무하는 오후와 저녁 시간이 여중생과 여고생 손님들로 미어터졌다. 정음은 이게 웬일인가 싶으면서 장사가 잘 되어서 최선을 다해 일했다. 특히 모두 방문하면 큐피드 벚꽃 블라썸 밀크티 메뉴를 찾았다.

"오빠, 정말 아이돌같이 생겼어요. 춤도 잘 추고요. 언제 랜덤 플레이 댄스 열리면 꼭 나가봐요."

"오빠! 이거 제가 써온 손편지와 비타민이에요. 피곤하시면 드세요."

"오빠, 이번에 새로 나온 댄스 챌린지 저랑 제 친구들이랑 같이 해요!"

학생들이 이준에게 말을 붙이고 편지와 작은 선물을 주었다. 이준은 때아닌 인기로 어깨가 으쓱했다. 비록 카페 안에서만 인기 스타였지만 이런 게 스타의 삶인가 싶기도 했다. 이준은 이번 해프닝을 계기로 몇몇 연예기획사의 연락을 받기도 했지만 최종에서 떨어졌다. 정음은 속으로 이준의 춤 실력이 부족해 떨어졌나 싶었지만 당장은 이유를 묻지는 않았다.

여중생, 여고생들의 방문이 뜸해졌을 즈음, 정음은 카페에서 근무하다가 오디션에서 떨어진 이유를 슬쩍 물어보았다. 이준은 미소를 지으면서 담담하게 말했다.

"학교를 완전히 휴학하고 소속사 숙소에 들어가는 조건이었는데요. 제가 지금 카페 일에 흥미를 붙여서 막상 관두려고 하니 후회할 것 같더라고요. 그래서 못 간다고 했죠, 헤헤. 카페 덕분에 유명해졌는데 관둬봐요. 나를 찾던 손님들이 뭐라 하겠어요."

정음은 웃음을 참고 묵묵히 쓰레기통을 정리했다. 재미있는 4월이 지나가고 있었다. 연애는 언감생심, 일과 공부에 치이는 인생이지만 그래도 아직도 청춘이고 이십 대다. 봄날에 아이돌 노래를 들으면 사랑에 빠지고 싶고, 다시 학창 시절로 돌아가 친구들과 까르르 웃으면서 떡볶이를 먹고 싶었다. 하지만 피곤에 절어 다크서클이 까맣게 내려온 게 현실. 정음은 거울과 싱크대를 닦아내면서 마감을 준비했다.

연애 프로그램에 참가하기 위해 일주일 휴가를 냈던 모솔은 이틀을 더 쉰다고 했다. 몸이 안 좋다고 했다. 수경은 걱정이 되기도 하고 프로그램에 잘 다녀왔는지 궁금했다. 그러던 차에 모솔에게서 연락이 왔다. 시간이 되면 전철역 근처 카페에서 잠깐 만나고 싶다고 했다. 수경은 점심 배달을 끝내고 잠시 쉬려던 차에 모솔에게 연락했다. 잠시 후 모솔은 카페에 나온 수경에게 감사 인사를 했다.

"저 잘 다녀왔어요. 용기를 주신 덕분에 촬영 잘 마치고 왔습니다."

"다행이네요, 컨디션 안 좋다고 쉰다고 하더니 괜찮아요?"

모솔은 머리를 긁적였다.

"그게 저. 사실은 컨디션이 안 좋다기보다 힘도 안 나고 그래서요…. 이 일을 계속 하는 게 맞는지 의문도 들고요."

수경이 깜짝 놀랐다.

"네? 아니 갑자기 왜. 그간 일 열심히 하셨잖아요."

"촬영에 나갔더니 남자분들이 대기업 연구원도 있고 의사도 있고 그렇더라고요. 직업 소개 전에 저에게 호감을 품은 여자분이 있었는데 제 직업을 듣고는 관심을 끄시더라고요."

수경은 모솔의 축 처진 어깨를 보았다. 키도 크고 날씬한데다 얼굴도 준수하게 생겼다. 하지만 이성 앞에서 자신 없는 태도가 문제인듯했다.

"그런 거 아닐 거예요. 만약 강 기사님이 더 당당하고 재미있게 나갔으면 달라졌을지도 모르죠. 그러면 커플 성공은 안 된 거예요?"

"네, 히히. 그런데 프로그램 결말을 스포하면 안 된다는 서약서를 써서 말하기 좀 그런데, 그렇게 됐습니다. 비밀로 해주십시오."

"당연하죠. 비밀로 할게요."

수경은 카페라떼를 한 모금 마시고 고개를 끄덕였다.

"내일 사무실 나와요. 다시 일상으로 돌아가요. 괜히 다른 직업 알아본다고 섣불리 관두지 말고요. 이 일을 하면서 충분히 남는 시간에 준비할 수 있잖아요. 무리하게 콜 잡으려고 욕심 안 부리면 시간을 낼 수 있고요."

모솔은 축 처진 모습이었다. 수경이 휴대전화를 들어서 전화를 걸려고 했다.

"아, 안 되겠어요. 빨리 그 방송 피디 연락처 불러요. 항의 전화해야겠어요.""아, 아니요. 그럴 것까지는 없으세요."

"방송국 게시판에 이메일이나 전화번호 있죠? 알아봐야겠어요."

수경이 알아보려 하자 모솔이 뜯어말렸다.

"아, 알았어요. 내일부터 출근할게요. 저는 괜찮으니 걱정 마세요."

수경이 그제야 미소를 지었다.

"그렇게 해요, 그럼. 그냥 휴가 다녀왔다 생각하고 다시 사무실 나와요."

"사실 그래도 좋은 사람들, 아름다운 분들 많이 만나고 그래서 설렜어요."

"호호, 부러운데요."

"수경 기사님도 좋은 사람 만나실 수 있잖아요."

"어허, 거기까지. 내가 나이가 더 많죠? 선배의 일은 궁금해하지 맙시다. 나는 지금 재준이 키우고 앞으로 아들 고등학교, 대학교 학자금 벌 일도 까마득해요. 우리 일이나 열심히 합시다."

"네, 헤헤. 은 기사님."

송미선이 카페를 보는 동안 다경, 훈민, 정음, 이준은 카페

밖으로 나와 상가 테라스 구석의 계단에 앉아서 단체 사과 영상을 찍었다. 무조건 죄송하다고 사죄했다. 사건이 일단락되었어도, 카페 차원에서 손님들에게 공식 사과를 하는 게 맞을 것 같았다. 그리고 앞으로는 감언이설을 올리지 않겠다고 했다. 이준은 단체 사과 영상을 릴스로 만들어 자신의 계정에 올렸다. 이게 마지막으로 올리는 사과 영상이었다. 그리고 댓글로 카페에 자신을 찾아와준 응원 손님들에게도 고맙다고 했다.

"이제 좀 진정되는 것 같다."

정음의 말에 이준이 고개를 푹 숙였다.

"다들 미안해요. 나는 영업이 잘 되게 하려던 마음이었는데. 솔직히 요즘 벚꽃 시즌이고 해서 나들이가 많아지니까 매출이 떨어진 건 사실이잖아요. 그런데 이 덕분에 또 유명해져서 매장 매출이 는 것도 다행이라면 다행이지만…. 아무튼 마음고생은 좀 했어요, 헤헤."

정음이 작게 숨을 내쉬었다.

"우리가 대학교 2학년 스물이라는 나이에 안 맞게 좀 극성스러운 것은 있어요. 지분 사장이라는 개념을 장착해서 극성을 떨었으니. 이제 수업도 듣고 학점도 챙겨야 하니까 그냥 알바생으로 돌아갈까 봐요."

다경과 훈민도 고개를 끄덕였다. 정음이 말했다.

"솔직히 우리가 이 시간 동안 다른 데서 알바를 했으면 돈을 훨씬 더 벌었을지도 모르죠. 그런데 지분 사장을 하다 보니 매출 욕심이 생겨서 그런 걸지도 몰라요. 좀 식힐 필요도 있다고 생각합니다."

다경이 아쉬워했다.

"그래도 우리 엄마는 어찌 됐든 카페의 새로운 모습을 좋게 보시던데요. 매출도 늘고 배달 서비스를 새로 시작한 것도 놀랍대요. 자신이라면 도저히 도전 불가능한 일들이래요. 메뉴도 완전히 새롭고 신세대 느낌이 난다고요."

이때 지하로 연결된 계단에서 동풍 라이더스 식구들이 올라왔다. 어르신 기사가 다가왔다.

"마침 다들 모여 있었네. 지금부터 저녁까지는 주문이 뜸하잖혀. 이 실장이 조금 쉬면서 꽃구경 가자고 해서 말이여. 같이 갈 테야? 멀리 안 가. 근처 공원 벚꽃길 갔다 오려고. 우리도 좀 있으면 저녁 배달해야 하니께."

정음이 놀라서 되물었다.

"네? 벚꽃 구경이요?"

"그래. 어린 사장들이 다들 카페 살리느라고 힘들지? 뒤에 타. 헬멧 줄게."

"네? 우리 모두요?"

"응, 짝이 딱 맞잖여."

라이더들은 스쿠터, 오토바이 뒤에 고정된 배달통을 분리해 사무실에 가져다 두었다. 그리고 여분의 헬멧을 가져와 이들에게 씌워 주었다. 어르신 기사 뒤에는 이준, 수경 뒤에 다경, 모솔 뒤에는 정음이 탔다. 그리고 훈민은 이 실장 뒷자리에 앉았다. 송미선이 웃으면서 카페 문을 활짝 열었다. 카페에서 감미로운 팝송이 흘러나왔다. 네 대의 오토바이가 줄지어 달렸다. 벚꽃길은 멀지 않았다. 산들바람이 불어 꽃비가 날렸다. 천천히 이동하면서 꽃구경을 했다.

이준은 오른손으로 오토바이 안장 손잡이를 꽉 붙들고 왼손으로 날리는 꽃잎을 잡았다. 베이비핑크 색깔의 꽃잎이 무척 앙증맞고 예뻤다. 돈보다 더 귀중한 것은 바로 이 꽃잎처럼 딱 예쁜 지금의 날씨와 꽃, 그리고 곁에 있는 동료들이 아닌가 싶었다. 자신의 실수를 무마하기 위해 동료들이 도와주었다. 고마웠다.

훈민은 이정성의 허리를 꽉 붙들었다. 어릴 적부터 자전거 타는 것도 무서워서 안 배웠더니 지금은 자전거뿐 아니라 퀵보드도 타지 못한다. 하물며 이런 오토바이는 처음 타본다.

"괜찮아요. 천천히 갑니다."

정성이 나직하게 말했다. 모두 봄날의 꽃구경을 한가로이 즐겼다.

엄마 아빠를 위한 추천 당도 30퍼

아이스 자스민티

송미선은 송차 카페에 시럽을 자동으로 첨가할 수 있는 기계를 들였다. 버튼을 누르면 시럽이 자동으로 나오는데, 가장 적은 3㎖부터 1㎖ 단위로 세분화 되어 있어서, 음료 용량에 따라 시럽을 정확하게 넣을 수 있다. 송차 카페는 음료마다 추천 당도를 표시해 손님들이 취향에 맞게 당도를 조절할 수 있도록 했다.

봄비가 내린 뒤 화창하게 갠 어느 날, 훈민은 시럽 기계를 사용해 음료를 제조하고 있었다. 가끔은 인생도 시럽 기계처럼 달달한 당분을 정확하게 첨가해 주었으면 싶었다. 평범한 대학 생활 중 갑자기 용돈이 생기는 일은 당도 30퍼센트, 국가 장학금을 받아 학비에 보탤 수 있게 된 건 당도 50퍼센트, 좋아하는 사람과 썸을 타는 일은 당도는 70퍼센트…. 이런 식으로 추가할 수 있다면 얼마나 좋을까.

이런저런 생각에 잠겨 있던 바로 그날, 훈민에게 당 충전할 일이 발생했다. 대학교 기숙사에 들어오기 전까지 지냈던 아동보호시설에서 연락이 왔다. 생활지도 선생님이 긴히 전할 말이 있다면서 약속을 잡았다. 훈민은 쉬는 시간에 예전에 살던 동네로 시외버스를 타고 갔다. 오랜만에 와보니 아이들은 어린이집과 학교에 갔는지 마당의 놀이터가 텅 비어있었다. 과거 자신이 마당에서 아이들과 놀아주던 모습이 눈에 보이는 듯했다. 훈민은 사무실로 들어가 선생님을 만났다.

"선생님!"

"훈민아!"

나이 지긋한 선생님은 훈민을 가볍게 안고 등을 토닥였다.

"잘 지내고 있는 거지? 걱정 많이 하고 기도 많이 드리고 있어."

"네. 다행히 좋은 친구들을 만났고 일자리도 좋은 데 나가고 있어요."

"꿈대로 음식 만들고 개발하는 데 있는 거 맞지?"

"네. 영양사 자격증도 학교 다니면서 준비할 거고, 지금은 카페에서 식음료 개발하고 있어요. 배달 서비스를 하는데 손님들 반응도 보면서 보람차게 일해요."

"그래, 그래. 훈민이는 성실하게 잘 살 거라고 생각했다. 오늘 보자고 한 이유는…, 그간 너를 위해 3년간 다달이 후원한 분이 계셔. 네가 곧 성년이 되니, 그분이 주신 후원금을 전달해 주려고."

"네?"

훈민은 놀랐다.

아동보호시설에서는 후원자들에게 후원 아동을 소개하고,

그들이 다달이 보내는 후원금을 통장에 모아 아동이 퇴소하거나 성년이 되었을 때 지급한다. 이는 국가에서 지급하는 자립지원금과는 별개이다.

"그분이 한 달에 50만 원씩 후원금 통장에 넣어주셔서 지금 천오백만 원이라는 큰돈이 되었어. 그분께서 성년이 되는 네게 지급하셨으면 한다는 뜻을 밝히셨단다."

훈민은 놀랐다. 그런 큰돈을 받아본 적이 없다. 당분간 학비나 생활비 걱정 없이 살 수 있는 건가?

"어떤 분이신가요? 제게 그런 큰돈을 주시고."

"신분은 밝히기 어렵다고 하셨지만 언젠가 볼 수 있을 거라고 하시더구나. 훈민아, 기숙사로 돌아가면 가지고 있는 주거래 통장 사본과 신분증 사본을 내 이메일로 넣어줘."

"네, 알겠습니다. 선생님."

며칠 후 정성은 카페에 음료를 픽업하러 왔다. 다행히 훈민은 없었다. 정음이 음료를 만들어 건네려는 순간 이정성은 갑자기 핑, 하고 어지러움을 느꼈다. 가슴이 묵직하고 숨이 잘 안 쉬어졌다. 가슴을 움켜쥐고 비틀거리는데 정음이 놀라서 다가왔다.

"실장님, 괜찮으세요?"

정성은 정음의 말을 듣기도 전에 그대로 바닥에 쓰러졌다.

정음은 외쳤다.

"이준 님! 이리 와보세요! 어서요!"

이준은 간이주방에서 청소하고 있다가 카페로 나왔다. 정음은 당황해서 머릿속 지식을 마구 떠올렸다. 기본 간호학 실습 과목에서 의식을 잃은 사람 처치법을 배웠다.

"활, 활력 징후."

정음은 정성의 목 부분 경동맥에 5초간 손을 대고 맥박을 잡아보았다. 맥박이 없다. 코 밑에 손도 갖다 대었다. 숨을 얕게 쉬고 있다. 일단 맥박이 없으니 심정지다.

"이준 님! 119 빨리요."

이준이 신고를 하는 사이 정음은 정성의 헬멧과 레더 재킷을 벗기고, 티셔츠 단추를 풀었다. 119 구급대가 올 동안 무리한 체위 변경은 안 된다. 정음은 정성의 의식을 확인하기 위해 어깨를 두드렸다.

"실장님, 괜찮으세요?"

미동도 없다. 서둘러 심폐소생술을 해야 한다는 판단을 내렸다.

이준과 함께 정성의 다리를 펴고 반듯하게 눕힌 후 상의를 열어 맨살이 노출되게 했다. 흉골 아래 이 분의 일 지점을 찾아냈다. 한쪽 손등 위에 다른 손을 얹어 깍지를 끼고 아래쪽 손가락을 위로 올린 후에 힘주어 눌렀다. 심폐소생술을 가르치던 교수님은 반드시 5cm 이상 눌러야 한다고 했다.

"이준 님, 신고했죠?"

"네."

"내가 몇 번 소생술을 하는지 횟수 좀 세어줘요."

정음은 입으로 하나, 둘. 셋을 세면서 가슴을 일정한 간격으로 압박했다. 점점 힘이 들었지만 침착하게 집중했다. 이준은 숫자를 셌다. 정음이 잠시 쉬었다.

"괜, 괜찮을까요…."

이준이 덜덜 떨면서 물었다.

"이, 이준 님. 제가 힘이 빠지면 교대해야 해요. 가르쳐 드릴게요. 하나, 둘, 셋!"

정음은 2분간 심폐소생술을 하면서 진땀이 흐르고 손에 땀이 맺혔다. 이준이 교대했다. 다행히 맥박이 돌아오기 시작했다. 소생술을 하는 도중에 119 구급대가 도착했다. 정음은 어르신 기사에게 연락해 정성의 가족에게 연락해달라고 부탁했다. 급히 연락을 받고 달려온 모솔이 보호자 자격으로 구급차에 올라탔고, 정성은 근처 종합병원 응급실로 이송되었다.

응급실에 도착한 정성은 정신을 차리자 모솔에게 말했다.

"훈, 훈민이를 불러줘요."

모솔은 잘못 들었나 싶었지만 간곡한 부탁에 얼른 훈민에게 연락했다. 정성은 CT와 MRI 등의 검사를 받았다. 한편 학교 수업을 마치고 도서관에서 공부하던 훈민은 모솔에게서 종합병원으로 와달라는 연락을 받았다. 이 실장이 찾는다는 말에 무언가 부탁할 게 있나 싶어 택시를 타고 가려는데, 마침 도서관에서 책을 빌리려던 다경과 마주쳤다.

"다경 님, 이정성 실장님이 지금 병원 응급실에 계시는데 나를 찾으신대요. 카페 관련 일인 것 같은데…."

"훈민 님! 같이 가요."

훈민과 다경은 미니 봉고를 타고 병원으로 향했다.

응급실에 도착하자마자 훈민은 모솔에게 급히 다가갔다.

"강 기사님."

"훈민 매니저님. 실장님 지금 검사 들어가셨는데 조금만 기다려 주세요. 꼭 하실 말씀이 있대요. 가게나 배달 관련이면 저한테 전하라고 말씀드렸는데, 반드시 직접 하셔야 한답니다. 이렇게 다급하게 부탁하는 건 처음 봐서요."

모솔은 잠깐 화장실에 갔고 다경은 병원 주차장에 공간이 없어 주차 공간을 찾느라 아직 못 들어온 상태였다. 검사를 마치고 휠체어를 타고 나온 정성이 저만치 보였다.

"이정성 님 보호자 분!"

훈민은 벌떡 일어나 다가갔다.

"저요, 제가 보호자입니다. 실장님 괜찮으세요?"

간호사가 당부했다.

"보호자 분 자리 비우지 말고 환자 의식이 다시 나가는지 상황을 살피셔야 해요."

"네. 알겠습니다."

정성을 침상에 눕히고 휠체어는 그 옆에 잘 두었다. 정성은 훈민을 보고 눈물을 흘리면서 손을 붙잡았다.

"훈, 훈민아…."

"네, 실장님. 말씀하세요."

그는 훈민에게 손가락으로 침대 아래를 가리켰다. 옷가지가 잘 개켜져 있었다. 훈민은 정성이 휴대전화를 찾는다는 걸 알아차렸다.

"잠시만요. 찾아볼게요."

훈민은 재킷 안주머니에서 지갑과 휴대전화를 꺼내 주었다. 정성은 휴대전화를 붙잡고 한참 씨름하더니 사진을 열어 보여주었다. 신분증을 찍은 사진이다. 주민등록증에는 '이중호'라는 이름이 적혀 있었다. 그리고 다음 사진에는 세 살 정도 되는 남자아이와 같이 찍은 사진이 있었다.

훈민은 흠칫 놀랐다. 온몸에 전율이 일었다. 이중호, 아빠 이름이다. 하지만 어릴 적 헤어져 얼굴도 가물거린다. 그, 그런데 이 사람이 이중호라니. 정성은 그 사진들을 보여주고 그대로 눈을 감았다. 훈민은 놀라서 의료진을 불렀다.

"정신을 잃으셨어요!"

간호사와 의사가 달려왔다. 정성은 관상동맥 질환을 진단받고 도관을 삽입하는 스텐트 시술을 받기로 했다. 모솔은 사무실로 돌아가고 훈민과 다경이 수술실 밖을 지켰다. 훈민은 정성의 휴대전화를 붙들고 수술실 밖 대기실에서 눈물을 흘렸다. 다경은 훈민이 보여주는 사진을 통해 진실을 알 수 있었다.

"다섯 살 때 우리 가족을 버리고 떠나서 내가 중학교 때 엄마가 돌아가셨을 때도 연락 안 됐던 사람이 이중호야. 그런데 이렇게 내 곁에서 일하면서 나를 지켜보고 있었다니…. 믿을 수도 없고 용서도 안 돼."

다경은 말없이 훈민의 말을 들어주었다.

"죽, 죽을 것 같으니까 갑자기 나를 찾은 거 아냐…."

훈민의 눈에서 굵은 눈물방울이 흘렀다. 훈민은 아동보호시설에 전화를 걸어서 전후 사정을 밝히고 후원자 이름을 알아내려고 했다. 몇 번을 물은 끝에 후원자가 이정성이었음을 알 수 있었다. 그리고 그가 이름을 바꾸었다는 사실도 들었다. 생활지도 선생님이 목이 메어 말했다.

"훈민아…, 미안하게 됐다…. 그런데 아버님이 연락을 못한 이유가 있으시대. 그 일 때문에 외국에서 오래 사셨고 어머니 돌아가실 때도 연락을 못 받아서 무척이나 미안해하셨어. 네가 있는 시설을 알아내고 어떻게든 너랑 같이 살 형편이 됐을 때 연락하겠다고 하시면서, 대신 후원금을 다달이 빠짐없이 보내주셨어. 그런데 이렇게 곁에서 지켜보고 계신 줄은 정말 몰랐다. 훈민아, 미안해….”

훈민은 통화에서 전후 사정을 알 수 있었다. 그는 전화를 끊고 눈물만 흘렸다. 다경은 말없이 자판기에서 따뜻한 음료를 뽑아 그에게 건넸다. 훈민은 주먹으로 눈물을 훔쳐내고 진정했다. 수술을 마친 의사가 다가왔다.

“이정성 님 보호자 분이시죠?”

“아, 네. 선생님.”

다경이 대신 답했다.

“걱정 덜 하셔도 됩니다. 시술 잘 됐어요. 다행히 응급처치가 잘 되어 골든타임을 놓치지 않았어요. 며칠 지켜봅시다.”

훈민은 놀란 가슴을 쓸어내렸다. 그리고 마음속 깊은 슬픔이 느껴졌다. 그날 이후, 훈민과 정성이 부자 관계라는 것은 알게 모르게 송차 카페와 동풍 라이더스 사무실에 알려졌다. 정성은 의식을 완전히 회복했지만 기력이 부족해 훈민이 간병을 했다. 라이더스 식구들이 종종 들러 용태를 살폈다.

훈민은 잠이 든 정성의 얼굴을 유심히 보았다. 자신의 얼굴과 닮은 부분이 있는지 살폈다. 이마가 둥글고 눈썹이 짙고 인중이 깊게 들어간 부분이 닮아 보였다. 손을 보았다. 엄지가 굵고 엄지손톱이 납작한 것이 비슷했다. 아빠라는 말은 차마 할 수가 없었다. 수경이 들렀다.

"훈민 님. 제가 볼 테니 기숙사로 가요."

훈민이 일어나려는데 정성이 그의 손을 살짝 잡았다. 훈민이 흠칫 놀라 쳐다보았는데 정성은 잠이 든 상태였다.

그렇게 며칠이 흘렀다. 퇴원 날, 훈민은 병원에 모습을 드러내지 않았다. 어르신 기사가 퇴원을 도왔다. 그는 두리번 거리는 정성에게 말했다.

"이 실장, 오늘 훈민이 안 와. 나랑 퇴원하자고. 우리들도 다 알게 되었어. 강 기사가 나중에 훈민이한테 사정을 조금 들었대. 퇴원하면 이제 얼굴 안 볼 거라고도 한다는데…. 긴 시간 떨어져 살았으니 얼마나 서운한 감정이 들겠어. 아비인 자네가 이해하게나."

"네, 알겠습니다, 어르신. 가방 주세요. 제가 들어도 됩니다."

"당분간 사무실 일은 우리에게 맡기고 쉬어. 몸이 이 지경이 되도록 몰랐나."

"일은 천천히 하겠습니다. 잘 부탁드립니다."

정성은 가슴을 만졌다. 심장 안에 쇠로 된 스프링이 혈관을 넓혀주고 있다. 아들을 시설에서 살게 하고 먼발치에서 지켜보면서 속죄하듯이 살았다. 젊은 시절 도박하다 빚지고

119

외국으로 쫓기던 삶이 그렇게 후회스러울 수가 없었다. 사채업자들은 범법으로 감옥에 들어간 상태라는 걸 뒤늦게 알고 한국에 들어왔다.

차라리 아내가 세상을 떠났다는 사실을 알았던 시점에라도 훈민에게 같이 살자고 했었어야 하나 싶었다. 하지만 그때는 일용직으로 전국을 떠돌던 때라 집도 없었다. 일용직으로 번 돈으로 후원금을 붓고 저축도 꾸준히 해서 지금의 라이더스 사무실을 차린 것이다. 그렇게 했던 이유는 단 하나, 아들에게 용서받을 그날을 위해서였다.

하지만 그날은 오지 않을지도 모른다. 첫 만남은 계획대로 되지 않는다는 노랫말을 뼈저리게 느꼈다. 훈민 앞에 아빠로서 선다는 계획이 물거품이 되었다. 용서를 해줄까. 용서를 바란다는 건 정말 염치없는 것은 아닐까.

한편, 카페에 설치된 CCTV에 정음이 심폐소생술을 하는 모습이 잡혀 언론에 보도되었다. 얼결에 학교에서 표창장을 받고 카페 배달 주문이 많아졌다. 리뷰에는 종종 의인이 근무하는 카페라서 돈쭐을 내주려고 시킨다는 글들이 올라왔다.

[이 카페에서 사람을 살린 직원이 있다기에 시원하게

　주문합니다!!!!]

[이런 카페는 돈쭐나셔야 합니다. 음료랑 디저트도 넘
맛있었어요♡]

한편 정성은 시술 일주일 후 병원 진료를 다녀오면서 응급
실을 슬쩍 들러 보았다. 저 침대에 누워 있었고 훈민에게 아
빠임을 밝혔다. 죽을지 몰라 정말 절박한 심정으로 사진들을
보여주었다.

그간 숨이 잘 안 쉬어지고 가슴이 답답한 적은 많았지만,
건강 검진도 안 받고 살아서 이렇게 몸이 망가진 줄도 모르
고 일을 했다. 하지만 쉴 수 없었다. 훈민에게 뭐라도 지원을
해주려면 일해야 한다. 게다가 사무실 식구들도 같이 먹고
살려면 일을 해야 한다. 정성은 약국에 들러 처방 약을 타고
오토바이에 올라탔다.

오늘부터 일을 시작하려고 했다. 사무실로 출근해 컴퓨터
로 서류 업무를 보고 배달 주문 앱을 켰다. 주문 콜이 왔다.
이 근방이다. 배달을 나가려던 정성은 훈민과 사무실 앞에서
마주쳤다. 훈민은 한참 기다린 듯했다. 그는 머뭇거리다가
흘러나오는 눈물을 훔쳤다.

"언젠가 만나면 이 말을 해주려고 했습니다…. 사는 게 무
척 힘들었지만 깨달은 것도 있다고요. 이 세상과 싸우는 것보
다 저 하나를 바꾸는 게 더 쉽습니다. 내가 이 세상에 서운한

게 많아도 아무 생각 안 하고 안 서운해하면 되거든요. 저는 그래서 당신과 안 보고 산 세월이 절대 서운하지 않습니다. 오늘 당신을 만나기로 마음먹은 이유는 이것 때문입니다."

훈민은 가까스로 준비한 말을 마치고 가방에서 서류 봉투를 꺼내 건넸다. 정성은 고글을 쓰고 있어 다행이라고 생각했다. 붉어진 눈시울이 고글로 가려져 아들에게 보이지 않을 것이다.

"사는 게 아무리 어려워도 당신의 돈을 안 받겠습니다. 안에 통장과 도장이 들어있어요. 비밀번호 뒷면에 적어두었습니다. 제 도장 가지고 찾으러 가세요. 위임장도 봉투에 들어있습니다."

정성은 다리가 후들거렸지만 꿋꿋하게 서 있었다. 아픈 모습을 더 보여줄 수는 없었다. 말을 마친 훈민은 입술을 깨물고 분노에 찬 얼굴로 정성을 쳐다보았다. 천 번 만 번 연습한 말들이라 간신히 할 수 있었다. 훈민은 그렇게 서류를 건네고 다시 카페로 향했다.

갈 데가 있었다.

다경이 모는 미니 봉고가 카페 앞에 서 있다. 동료들이 기다리고 있다. 카페는 송미선이 맡기로 하고 다들 커피차를 출동시킬 준비를 마쳤다. 정음이 한 달 전, 학교 축제 푸드트럭 입찰에 성공하여 축제에서 커피차를 열 수 있게 된 것이다. 한편 낫대박 동아리는 신입회원들에게 축제 기간 동안 도박방지 관련 굿즈를 나누어주고 설문조사를 하는 등의 일을 계획했다. 정음이 지난해에도 축제 기간에 해온 일이다.

훈민이 올라타자 봉고차가 출발했다. 오늘의 커피차 목표 매출은 100만 원이다. 일회용 용기 대신 다회용 용기를 준비해서 부스가 끝날 때까지 회수하는 방식으로 판매할 예정이다.

"100만 원이 목표이면 음료값이 평균 3,000원이라 해도 진짜 부지런히 팔아야겠다. 자그마치 300잔을 넘게 팔아야 해요."

이준의 말에 운전하던 다경이 말했다.

"이준 님, 그래도 훈민 님이 만든 축제용 특별 디저트가 있어서, 그거 보다는 평균 단가가 높게 나올 수도 있어요. 열심히 해봐요."

훈민은 아빠와 만나게 된 충격이 컸지만 마음을 다잡고 일에 집중했다. 그리고 신메뉴를 만드는 일에 최선을 다했다. 기숙사 통금 시간에 아슬아슬하게 들어가거나 외박증을 끊고 카페에서 밤샘하기도 했다. 송미선이 중간중간 코치를 해주기도 했다.

미니 봉고가 학교 중앙로에 도착했다. 중앙도서관과 본관 사이 중앙로에 이미 많은 부스가 차려져 있었다. 송차 카페 식구들은 커피차를 꾸미려고 짐을 내렸다. 정음은 낮대박 동아리의 신입회원들이 잘 진행하고 있는지 잠시 가서 보고 왔다. 정음이 가르친 대로 굿즈를 나누어주고 도박방지 서약서를 받는 행사를 잘 꾸리고 있었다. 정음은 디경과 밤새 만든 샌드위치 간판을 이준 몸에 부착하는 걸 도왔다.

이준이 구시렁댔다.

"아니. 아직도 이런 방식으로 홍보하는 가게도 있습니까?"

"어쩔 수 없잖아요. 훈민 님은 음료, 디저트를 제조하고 저와 다경 님은 디저트 포장을 할 건데 이준 님도 뭐라도 해야 하잖아요. 부탁드려요."

"아니 제가 경제학과인데 이런 직접적 대면 방식의 홍보를 누가 하나요? 요즘은 SNS 홍보에 치중하죠."

"아뇨, 영화 〈위대한 쇼맨〉 안 보셨나요? 축제에 인파가 몰리면 이런 직접적인 홍보가 가치를 발휘하죠. 게다가 이준 님의 훤칠한 용모와 키에 딱 어울려요."

이준은 '송차 카페, 38번 부스로 와주세요'라는 문구와 각종 음료, 간식 등 메뉴를 적은 샌드위치 판넬을 몸에 붙이고 다니기 시작했다. 손에는 홍보 전단지를 들고 다니면서 작은 약과와 함께 나누어 주었다. 훈민, 다경, 정음은 부지런히 음료 만들 준비를 하고 메뉴판과 다회용 컵, 접시 등을 세팅했다. 그리고 테이블을 이어 붙여 손님들이 머물 공간을 마련

했다. 훈민은 한천 가루와 앙금을 사용해서 만든 초콜릿과 말차 양갱을 꺼냈다.

정음은 목소리를 높였다.

"모두 모이세요, 지금 송차 카페 파티시에 훈민 매니저님의 양갱 커팅 시범을 시작합니다!"

학생들이 모여들었다. 커플, 친구들끼리 모여든 학생들은 훈민의 손에 시선을 집중했다. 훈민은 과도를 이용해 양갱 틀 끝에 칼집을 넣었다. 그리고 틀을 뒤집어서 조심스레 틀에서 양갱을 떼어냈다. 훈민은 길쭉한 양갱을 4㎝ 크기로 썰었다. 맨 끝의 우툴두툴한 부분은 잘라내 시식용으로 빼두었다.

다경과 정음은 양갱 위에 초콜릿과 마른 과일 조각을 올려 세팅했다. 예쁜 양갱들이 진열되면서 하나둘 음료와 간식을 사는 학생들이 생겼다. 부스마다 저마다의 절박함과 기술로 손님들을 불러 모았다. 동아리 홍보 부스들은 신입회원을 유치하려 애썼고, 음식을 파는 부스들은 호객하기 위해 애썼다.

훈민은 핸드드립 커피 시음 행사를 하기도 하고 각종 디저트를 선보이며 음료 제조 과정을 신이 나게 보여주었다. 정음은 흥이 나는 음악을 틀어서 분위기를 고조시켰다. 이준은 기다리던 손님들에게 시음 음료를 서빙하면서 가볍게 리듬을 탔다. 학생들이 환호했다.

송차 카페 부스가 잘 되자, 옆에서 다른 음료 부스를 차린

학생들이 다가와 괜히 지켜보고 가는 등 서로 간 알게 모르게 견제도 있었다.

한가해진 틈에 다들 쉬고 있는데, 정음의 동아리 신입회원들이 왔다.

"선배님, 저희가 옆에 부스 아카펠라 동아리 부원들하고 친해졌거든요? 서로 일도 돕고요. 커피차 앞에서 커피랑 관련된 노래 불러서 분위기를 한번 업시켜 보겠다는데 괜찮아요?"

정음은 대환영했다. 아카펠라 동아리원들은 '아메리카노', 'Java Jive', '밤양갱' 등 음료나 디저트가 가사에 들어가는 노래를 멋들어진 화음으로 불렀다. 노래를 듣고 학생들이 다시 몰려들었다. 다회용기를 돌려주려고 와서 간식을 사 가기도 했다.

그러다 아이돌 그룹이 체육관에 도착했다는 말이 돌면서 손님들이 줄어들었다. 이준도 잠깐 공연을 보러 간다고 자리를 비웠다. 훈민과 다경, 정음이 남아서 음료와 간식의 재고를 체크했다. 훈민이 말했다.

"이제 간식 주문은 받지 마요, 다경 님. 더 이상 없어요. 몇 개 빼고는."

"오케이. 그리고 이제 밤이 돼서 카페보다는 주점에 사람이 몰릴 듯요."

다경의 말에 훈민이 고개를 끄덕였다.

"내일 부스를 하루 더 여니까 오늘 밤에 카페에 가서 양갱하고 타르트, 쿠키를 만들어 올까 합니다."

정음과 다경은 훈민을 카페로 보내고 남은 시간 동안 커피차 부스를 운영하기로 했다. 축제 분위기가 무르익은 캠퍼스에 점차 어둠이 내려앉고 축제장 하늘에는 여러 색의 알전구들이 반짝이면서 빛을 발했다.

레이스 블라우스에 사브리나 팬츠를 입은 수경은 재준을 자전거 뒤에 태우고 소공대학교 캠퍼스에 도착했다.

"도착했어. 재준아, 배 안 고파?"

"응, 안 고파."

수경은 재준의 손을 붙잡고 노천광장 입구로 향했다.

"어? 은 기사님."

"엇! 강모솔 기사님."

수경과 모솔은 노천광장에서 마주치고 너무나 놀랐다.

"재준아, 인사드려. 엄마랑 같이 일하시는 기사님이야."

"안녕하세요, 기사님."

"그래. 네가 재준이구나."

이때 줄을 선 사람들에 밀려서 재준이 넘어질 뻔했다. 모솔은 재준을 한 손에 들어 올려 안았다.

"아저씨가 안아도 될까? 어서 자리로 가자. 은 기사님 괜찮으세요? 같이 보는 거요."

"네, 같이 봐요."

노천광장은 따로 지정석 없이 자유롭게 앉을 수 있었다. 학생들, 지역 주민들 등 다양한 사람들이 자리에 앉았다. 체육관에서 아이돌 무대가 있어 그리로 많은 사람이 몰려 그런지 광장은 꽉 차지 않았다.

"제가 기타 연습을 하잖습니까? 오늘 나오는 발라드 가수들 노래를 기타로 치는 걸 연습하는데, 노래하는 걸 현장에서 직접 보려고요."

"그러시구나. 저는 재준이랑 어린이 뮤지컬만 봤거든요. 일반 콘서트를 본지 너무 오래됐고 무엇보다 여기는 나이 제한 없이 오기 편하더라고요. 그래서 학교 축제 때마다 여기와서 공연 봤어요."

모솔은 자신이 준비해 온 담요를 넓적하게 펴서 재준을 가운데 앉혔다.

모솔은 감미로운 음악을 들으면서 잠시 과거를 회상했다. 어렵게 들어간 회사에서 적응을 못했다. 사람들은 수줍어하고 말수가 적은 그를 이용하거나 따돌렸다. 조직 생활에 적응 못 해 퇴사하고 집에서 칩거하다가 혼자서 할 수 있는 일을 찾았다.

배달은 혼자 할 수 있는 일이었지만 배달 기사 조직에 들어가야 했다. 사무실 한쪽 구석에 조용히 앉아 있던 그에게 먼저 말을 건 사람은 이정성이었다. 그는 동풍 라이더스를 차리기 전에 같이 사무실에서 일하고 있었다.

정성은 모솔에게 이것저것을 알려주었다. 추운 날 손을 보호하기 위해 갖춰야 할 장갑과 헬멧, 그리고 바지와 보호 재킷을 어디에서 얼마에 사는지 일일이 챙겨주었다.

모솔은 정성이 사무실을 차리자 그를 따라 옮겼다. 그리고 묵묵히 배달 일을 하며 돈을 벌고 살아가던 중… 동료 기사가 눈에 들어온 것이다. 오늘 우연히 만난 것은 인연일까 아니면 그냥 스쳐 지나가는 사이일까. 함부로 입 밖에 꺼내기 힘든 말이었다. 모솔은 미소 짓는 수경의 옆모습을 보다 재준을 보았다. 작은 고사리손이 귀여웠다. 모솔은 점퍼를 벗어서 재준의 몸에 덮어주었다. 아이가 웃었다. 그들은 발라드 콘서트를 행복하게 즐겼다.

그날 밤, 커피차 부스를 정리하면서 정음은 현금과 계좌 이체된 내역과 카드 리더기를 살피다 비명을 질렀다.

"악! 목표 달성! 목표 달성! 오늘 132만 원 벌었으니 내일 이만큼 더 벌면 됩니다요!"

다경과 이준은 정음을 얼싸안고 환호했다. 그들은 수레

를 빌려와서 용품과 재료들을 실으면서 내일 하루 더 힘내자고 결심했다. 다경이 수레를 끌고 이준과 정음이 뒤에서 밀었다. 마음이 기뻐서 고된 줄 몰랐다. 종일 서 있느라 다리는 후들거렸지만 자고 일어나면 괜찮아질 거라 여기며 캠퍼스를 가로질러 차로 향했다. 그렇게 축제 동안 대박 행진이 이어졌다.

축제가 끝나고 다시 수업과 카페 일을 병행하는 나날이 이어졌다. 5월치고는 무척 더운 날, 훈민은 카페에서 근무하다가 유리창 너머로 배달을 급히 다녀오는 정성을 보았다. 이렇게 더운 날, 헬멧에 보호 장구가 달린 점퍼를 입고 있으니 무척 힘들어 보였다.

훈민은 말없이 당도를 낮춘 아이스 자스민티를 만들어 다경에게 건넸다.

"이 실장님 고생하시는 것 같아서…. 대신 전달해 줄래요? 당도를 낮추어서 30퍼센트만 탔어요."

다경은 말없이 웃었다. 하얀 치아가 드러났다. 얼른 밖으로 나가서 아이스 자스민티를 정성에게 건넸다.

"이거 저희 가게에서 고생하시는 기사님께 드리는 음료입니다. 사실 파티시에 훈민 님이 갖다 드리래요."

정성은 음료를 받아 들고 사무실로 가서 한참을 바라보다가 한 모금 마셨다. 달달하고 시원한 음료 맛 뒤로 자스민꽃 향기가 그윽하게 남아 있었다. 어르신 기사가 다가왔다.

"오잉, 이거 송차 카페에서 사온 거 맞지?"

"네. 맞습니다. 날이 더워서요. 좀 드십시오."

정성이 음료를 머그컵에 나누어 주었다.

"시원하다. 젊은 학생들이 참 일을 잘혀. 경우도 바르고. 안 그래? 훈민인가 하는 파티시에도 실력이 뛰어나고. 뉘집 아들인지 참 잘생기고 훈훈하더구만. 허허."

정성은 입가에 미소를 띠고 고개를 끄덕이면서 음료를 마셨다. 용서의 손길이라고는 생각지 않았다. 아직 말도 걸지 않는 아들이다. 다만, 아주 조금은, 그래도 시선이라도 마주칠 수 있는 그런 관계가 되고 싶었다.

모든 게 내 맘 같지 않을 때, 레트로 컨셉의

아이스 인삼 쌍화차와

약과 케이크

기숙사의 하루는 짧지만 난이도가 꽤 높다. 일단 식사 해결이 어렵다. '천원의 아침밥' 국가 지원 프로그램으로 아침은 해결할 수 있었는데, 점심과 저녁이 문제였다. 점심은 학생식당에서 시간이 되면 먹고 안 되면 그냥 건너뛰었다. 학생 수가 적어서 학생식당은 점심까지만 운영하기 때문에 저녁은 알아서 먹어야 했는데, 배달 음식은 간단한 식사가 아닌 경우가 많았다. 셔틀을 타고 전철역까지 가서 먹고 온다는 게 귀찮기도 했다.

정음은 가끔 훈민이 해주는 주먹밥 같은 간단한 음식을 먹기도 했다. 혹은 다경과 함께 카페 2층에 있는 다경의 집에서 라면을 먹기도 했지만 끼니 때우는 일은 번거롭고 힘들었다. 게다가 빨래나 방 청소, 화장실 청소, 공용 공간 청소를 돌아가면서 했는데 이것도 신경을 써야 했다. 학점 관리에 카페 운영까지 생각하면 넉다운 일보 직전이었다.

훈민, 다경, 이준도 상황은 비슷했다. 해결책을 찾아야 했다. 기숙사에는 외부인이 들어올 수 없기 때문에 기숙사 청소는 알아서 해야 한다. 저녁밥도 햇반과 참치, 조미김, 밑반찬 등을 주문해서 어떻게든 꾸려가야 한다.

오늘은 오후에 모두 수업이 끝나면 회식을 하기로 했다. 가게는 송 사장님이 봐주고 운영지원비로 회식을 한 후 앞으로의 경영 방안에 대해 의논하기로 했다. 저녁에 전철역 부근에서 만났다. 이준이 좀 늦었는데 팀플레이 과제 회의 때문이라고 했다.

"어디 갈까?"

정음이 물었다. 의견을 들어보니 유행한다는 훠궈집에 가자는 의견이 많았지만, 대기 줄이 길어서 포기하고 초밥 한 접시에 2,200원에 파는 저렴한 일식집을 찾았다. 밥을 먹고 나서 보드게임 카페에 갔다. 모두 둥글게 앉아 게임을 하다가 본격적 의논에 들어갔다.

정음이 운을 떼었다.

"우리가 이번에 축제 때 커피차로 대박을 친 것은 고무적인 일입니다."

다들 눈이 반짝거리면서 고개를 끄덕거렸다.

"그래서 앞으로도 한 달에 한 번 정도 이벤트를 하면 어떨까 해서 오늘 회의를 소집한 겁니다."

이준이 고개를 갸웃했다.

"그런데 솔직히 이벤트 할 때마다 육체적으로 힘들고 가외 시간도 뺏기기 때문에 매출이 늘어 급여를 좀 더 가져간다고 해도 그게 정확히 이득이라곤 할 수 없는 거 아닌가요?"

정음은 미간을 살짝 찌푸렸다가 고개를 저었다.

"지금은 시작이잖아요. 노력을 해봐야 드라마틱한 매출 증가를 노려볼 수도 있어요. 훈민 님은 어떻게 생각해요?"

훈민이 대답했다.

"기술적으로도 조금 힘든 부분이 있어요. 다달이 새로운 음료를 개발하는 게 쉽지 않고, 지금은 솔직히 아이디어도 고갈입니다. 제가 배운 부분이나 연구한 결과는 거의 다 메뉴에 반영되어서 새로운 메뉴 개발은 엄청 힘들어요. 그래도 노력은 해보겠지만요."

정음이 말했다.

"그렇더라도 매달 시그니처 메뉴를 이벤트에 활용하기 위해서는 뭔가 발전적인 메뉴가 추가되어야 할 것 같은데요. 다른 분들은 어떻게 생각하세요? 우리 아이디어를 반영해야죠. 개발과 연구는 중요합니다."

이준이 입매를 굳게 하고 있다가 뜸을 들이고는 말했다.

"아니 훈민 파티시에 님은 지금도 매달 시그니처 메뉴를 만드느라 업무가 과중하고요. 저도 주말에도 근무할 시간을 빼느라 서울 가서 오디션 볼 생각은 접었습니다. 그런데 여기에 또 업무가 늘어난다니 조금 그렇긴 해요. 그리고 무엇보다 정음 님이 강압적으로 그러는 건 좀 부당하다고 생각하는데…."

이준은 말을 끊었다가 분위기를 살펴보고는 에라 모르겠다 하는 심정으로 이어서 말했다.

"사실, 정음 님이 언제나 말을 세게 하니까 우리는 따라갈 수밖에 없고, 의견을 내기도 전에 말을 끊어버리잖아요."

정음의 눈이 감겼다. 이준은 실수한 것은 아닌지 조마조마했다. 잠시 후 정음은 눈을 크게 뜨고는 정색하고 반론을 펼쳤다.

"지금 제가 의견을 세게 내서 따라올 수밖에 없다, 이런 말씀이신데요. 아무도 의견을 안 내니까 나라도 내야 하지 않나 하는 생각 안 들겠어요?"

정음은 한숨을 쉬었다. 고등학교 때에도 이런 비판을 들은 적 있었다. 사실 어릴 적부터 전형적인 케이 장녀로 자란 정음은 부모님의 기대에 부응하면서 동생들도 챙겨야 했다. 공부도 발표도 열심히 해 모범을 보여야 했고, 알바해서 용돈도 직접 벌어 동생들 간식값도 챙겨줄 수 있는 언니여야 했다.

그날 다경이 정음과 이준을 다독이면서 회의는 끝났고 분위기는 차가워진 채 다들 뿔뿔이 흩어졌다. 정음은 마음이 편하지 않아서 애니메이션 캐릭터 인형을 파는 편집숍에 들어가 하릴없이 키링이나 쿠션, 문구류 등을 살펴보았다. 예뻐서 본다기보다는 그냥 복잡한 마음을 정리하고 싶어서 보는 중이었다. 그때 누군가 뒤에서 툭 치고 정음을 감싸안았다. 다경이었다.

"정음아, 기분 풀어."

"어어, 다경아."

사석에서는 다정하게 반말을 했다.

"화난 거 아냐, 다경아. 내가 의견을 내놓으면 강압적이다, 너무 세게 나온다, 하는 평가가 많으니까 좀 속상해서 그래."

"난 네 진심 알아. 그런데 이제 카페 운영도 조금은 쉬엄쉬엄 가면서 해. 그러다 탈 나면 큰일이야."

정음은 고개를 끄덕였다.

"이거 어때? 우리 커플 키링으로 하나씩 살까?"

정음은 키링을 들어보면서 제안했다. 다경은 웃으면서 키링을 들어 보였다.

최근에 강모솔이 출연한 〈진정 솔로〉가 방영되었다. 수경은 본방 사수했다. 모솔이 저번에 말했던 것처럼 그는 여성들의 선택을 받지 못했다. 프로그램에서 의기소침한 그의 모습이 보였다. 수경은 아들을 재우고, 캔맥주를 마시며 프로그램을 마저 보았다. 아는 사람이 나오자 신기하고 재미있었다.

2주에 걸쳐 방송된 뒤, 출연자들의 유튜브 라이브 방송이 이어졌다. 라이브 방송에서 출연자들이 현재 커플이 되어 있는지 밝히는 시간이 왔다. 수경은 프로그램을 모두 보고 나서 유튜브 라이브 방송도 보기 시작했다. 모솔 차례가 왔다. 사회자가 질문하고 카메라가 그를 비추었다.

"강모솔 님은 프로그램에서 커플로 매칭되지는 않았잖아요. 프로그램 촬영 후에 다른 분과 커플이 된 것은 아닌지 궁금합니다."

모솔은 긴장한 얼굴이지만 떨지 않고 차분하게 말했다.

"사실은 저 혼자 좋아하는 분은 있습니다. 그분은 절 어떻게 생각할지 모르지만 그래도 언젠가 고백은 해보고 싶습니다."

수경이 놀라서 캔맥주를 마시다 사례가 들릴뻔했다.

"켁켁…."

사회자가 물었다.

"혹시 어떻게 만나게 된 분인지 물어봐도 될까요?"

모솔은 카메라를 응시하며 담담히 말했다.

"사무실 동료입니다."

수경이 소파에서 벌떡 일어났다.

"대박! 말도 안 돼! 말도 안 돼!"

재준이 칭얼거리면서 침대에서 일어나 거실로 나왔다.

"엄마? 으으응."

"어, 재준아. 이리 와. 다시 들어가 자자."

수경은 재준을 달래서 침실로 들어갔다. 아들을 침대에 눕혔다. 수경도 옆에 나란히 있는 자신의 침대에 올라 싱숭생

숭한 채 고개를 흔들었다.

"설, 설마 아니겠지. 난 강 기사한테 몇 마디 한 것밖에 없잖아. 연애에 관해서. 혹시 지난번에 벚꽃놀이 같이 갈 때 정음 님이 뒤에 타던데…. 에이 설마. 거긴 대학생이라고! 아, 아닐 거야. 강 기사는 투잡, 쓰리잡을 뛸지 몰라. 다른 데 동료가 더 있을지도 몰라."

수경은 고개를 도리질하면서 뒤흔들었다.

다음날 동풍 라이더스 사무실에 출근한 수경은 모솔을 슬쩍 보았다. 그는 고개를 숙이고 휴대전화만 들여다보다가 일어났다.

"콜 뛰러 가겠습니다."

모솔이 나가려는데 마침 화장실에 가려던 수경과 쓱 스쳤다. 모솔의 귀가 빨개졌다. 수경은 그걸 놓치지 않았다. 수경이 물었다.

"어제 유튜브 라이브 방송 잘 봤어요. 그런데 혹시…."

모솔이 발그레한 얼굴로 수경을 보고 방실 웃었다.

"네?"

"아, 아니에요."

도리어 수경이 물러났다. 모솔은 사무실 문을 열고 나가 배달 음식을 픽업하려고 가면서 입가에 웃음이 두둥실 걸렸다.

'은수경 기사님도 알고 있겠지. 내 마음을. 고백하고 싶은데 어떻게 한다.'

며칠 후에 모솔은 녹색 폭스바겐을 렌트했다. 그리고 수경에게 일 끝나고 잠깐 차 한잔 하자고 했다. 수경은 잠시 고민하다가 차라리 만나서 말을 하고 끝내야겠다는 생각으로 나갔다. 공원 주차장에서 모솔이 기다리고 있었다. 그는 노천카페에서 음료를 사 와서 벤치에 수경과 나란히 앉았다. 하늘에 달이 떠 있었다.

"재준이는요?"

"친정엄마가 와 계세요. 그런데 하고 싶은 말이 있어요. 강기사님."

수경은 조금 딱딱한 어조로 말했다.

모솔도 떨리는 목소리로 말했다.

"저, 저도 하고 싶은 말이 있습니다."

모솔은 긴장했다. 사귀고 싶다는 말을 지금 해버리면 왠지 관계가 끝나 버릴 것 같다는 예감이 들었다.

다른 이야기를 먼저 해야 했다. 그는 렌트한 차를 손가락으로 가리켰다.

"차를 렌트했어요. 지금은 오토바이 타고 이동하니까 차가 필요 없는데 나중에 가족이 생기면 저런 예쁜 차를 살 겁니다."

모솔은 수경을 차 근처로 데리고 갔다. 그리고 트렁크를 열었다. 은색 가랜드가 펼쳐졌고, 안쪽에는 풍선과 케이크, 꽃다발이 들어 있었다. 수경은 깜짝 놀랐다.

"저, 연애 프로그램에 나가서 짝도 못 찾고 왔지만, 오히려 잘 된 것 같습니다. 수경 기사님. 저와 사귀어 주세요."

"네?"

수경은 얼굴에 난처한 기색을 보였다.

"그, 그럴 수는 없을 것 같아요. 저는 아들도 있고…. 아직 결혼 생각이 없습니다."

"결혼까지는 아니더라도, 연애하는 마음으로 편하게 만나 주실 수는 없나요?"

"사무실에서 같이 일하는 사이라 그것도 불편해요. 그리고 아들이 있어 시간 내기 어려워요."

"같이 만나요."

수경은 고개를 저었다.

"아뇨, 재준이에게 혼란을 주고 싶지 않아요. 저는 분명히 말했어요. 그럼 갈게요."

"잠깐만요! 이거 수제 케이크인데 아들 주세요."

"아뇨. 가겠습니다."

수경은 자전거에 올라 황급하게 자리를 떴다. 모솔의 손에 들린 케이크가 처량하게 보였다. 모솔은 낙담한 얼굴로 한숨을 쉬었다.

그날 오후에 정음이 단톡방에 장문의 글을 올렸다. 당분간 좋은 아이디어가 없으면 신메뉴나 이벤트 계획을 백지화하겠다는 내용이었다. 어차피 훈민도 아이디어가 고갈되어서 이벤트를 한다고 해도 좋은 메뉴와 계획이 나오는 것도 아니었다.

오늘은 송미선이 카페를 봐준다고 했다. 오전 조 근무하던 다경과 정음은 쉬려고 2층으로 올라갔다.

"어머니 지금 치료 중이시잖아. 이 집에 혼자 지내셔도 괜찮아?"

"응. 많이 좋아지셨어. 그리고 나는 기숙사가 더 편하기도 해서. 물론 주말에는 너 혼자 방에서 공부할 수 있는 환경을 조성해 주려고 집에 오긴 하지만. 후후."

정음이 정색했다.

"다경아, 혹시 내가 불편해?"

"아, 아니. 그냥 24시간 방에서 누군가랑 같이 있다는 게 어떤 때는 숨 막히기도 하잖아."

"그건 그래."

정음도 다경과 한 방에 붙어 있다 보니 스터디 카페에 가서 공부할 때도 많았다. 다경의 방 침대에서 정음은 한숨을 쉬며 오둥이 인형을 안고 뒹굴었다.

"요즘 스트레스도 많이 받고 힘들다. 팀플 하면서 안 피곤해?"

"힘들지."

"다경아, 너도 알다시피 내가 발언도 좀 많이 하고 말이 센 편이잖아. 지난번에 우리 과 학생 중에 누가 내가 의견이 강하고 무례하다고 뒷담화를 했대. 그 말이 건너 건너 나한테까지 들어왔다. 참 피곤해. 아니 아무도 톡방에 의견도 안 내고 직접 만나서도 말도 안 하잖아. 그래서 내가 적극적으로 의견 내면 뒤에서 뒷말하고."

다경이가 배시시 웃었다.

"그냥 풀어. 우리가 기숙사에서 살고 있고 과 친구들이랑 수업도 같이 듣고 카페에서 일하면서 손님들도 마주치고. 모든 게 사람으로 인한 스트레스가 되지. 디지털 디톡스 하듯이 우리도 인맥 디톡스가 필요한 것 같아."

다경은 침대에서 일어나 기지개를 켜면서 정수기에서 따뜻한 물을 따라 녹차 티백을 넣어 우렸다.

"정음, 녹차 마실래?"

"아니, 됐어. 나 이제 가볼게."

정음은 거실로 나와 서가로 다가갔다. 수많은 엘피와 전축

이 있었다.

"와 대박! 사장님의 레트로 취향이시네? 내가 왜 이걸 지금 봤지? 멋지다."

"엄마가 이사 오면서도 못 버리시더라고. 청바지에 통기타 메고 노래하던 기억이 있대. 아빠도 그런 취미 모임에서 만났고."

"오호, 그럼 장발 단속, 미니스커트 단속 이런 시대 맞지?"

"아니. 그보다 뒷세대인데 기타는 취미로 하셨대. 엄마는 서태지와 아이들 콘서트도 가고 그러셨다는데?"

정음은 고개를 갸웃했다.

"저번에 레트로 관련 영상 보니까 무지 재미있더라. 카페에 이런 전축 가져다 두고 행사할 만한 거 없을까? 훈민이가 개발한 레트로 감성 메뉴도 있잖아. 아이스 쌍화차 같은 거. 아무리 배달 서비스로 매출이 늘었대도 매장에 오는 손님도 무시할 수 없고 한 번 들른 분들이 배달도 시키시는 건데…."

정음은 유재하, 이문세, 서태지와 아이들, 현진영과 와와, 쿨, 코요태 등 가수의 엘피판과 카세트테이프를 유심히 들여다보았다. 엘피판 옆으로는 카세트 플레이어와 테이프도 가지런히 놓여 있었다.

한편 훈민은 학교 운동장 구석의 농구 골대 아래에서 계속 숫을 날렸다. 한두 번은 들어가기도 하고 노 골이 되기도 했다. 마음속 울분은 식음료를 연구할 때나 이렇게 숨이 벅차오를 정도의 고강도 운동을 할 때 사라진다. 아주 잠시.

중학교 때 어머니가 돌아가셨을 때 너무도 외로웠다. 친척도 많지 않아 훈민이 혼자 빈소를 지키다시피 했다. 연락 안 되는 아빠에 대한 원망, 아동보호시설에 가야만 하는 상황. 모든 게 감당이 안 되었다. 하지만 시간이 흘러 일이 정리되었다. 대학교에 들어오고 송차 카페에서 일하게 되면서 좋은 동료들을 만났다. 그럼에도 가끔은 속에서 뭔가 터져 나올 때가 있다. 그럴 때마다 이렇게 농구공을 잡았다.

"숫!"

훈민이 공을 골대로 높게 쏘아 올리는데 누가 뒤에서 외쳤다.

"골인!"

이준이었다. 훈민은 바운스로 튀어오른 공을 잡아 이준에게 던졌다. 이준이 받고 그대로 숫을 노렸다. 하지만 농구 골대에 맞고 튀어나왔다.

"훈민 님. 뭐해요. 우리 클럽 갈래요?"

훈민은 어이가 없었다.

"네? 그런 데 안 가봤는데요. 시끄러운 데는 별로라서…. 춤춰본 적도 없고."

"그러니까 가봐야죠. 막춤을 춰도 되고 내 멋대로 노는 클럽 있습니다. 사일런트 클럽이라고. 한국말로는 무소음 클럽이라고도 하죠. 혹시 이어폰 있어요?"

훈민이 고개를 끄덕였다.

"그럼 어서 가요. 전철역 앞 광장에서 오늘 행사 있어요."

"네?"

훈민은 이준의 손에 끌려서 셔틀버스 정류장으로 향했다. 오늘은 카페 일도 없고, 수업도 끝나서 한가하기는 했다.

전철역 앞 광장 구석에 한 무리의 남녀노소 사람들이 모여 있었다. 그들은 광장 시계탑을 보면서 서로를 힐끔힐끔 살폈다. 훈민이 이준에게 나직하게 속삭였다.

"대체 왜 여기가 클럽이에요?"

"클럽 맞아요. 주파수 맞춰요."

"주파수?"

이준은 훈민에게 휴대전화를 받아서 유튜브 채널을 찾았다. 일렉트로닉 음악이 나오는 채널을 틀고 훈민의 이어폰을 블루투스로 연결했다.

"이제 무소음 이디엠 디스코 파티가 시작될 겁니다."

"무소음 이디엠 디스코 파티라뇨?"

"광장 구석이 클럽이고 여기는 플래시 몹 행사예요. 한 달에 한 번 열려요. 음악은 이어폰으로 들으니 남에게 피해는 주지 않고, 술 먹을 필요도 없어요. 스피커 음악 때문에 귀청 찢어질 염려도 전혀 없다고요, 훈민 님. 엇, 이제 시작해요."

훈민은 이어폰을 귀에 꽂고 이디엠 음악을 들으면서 주변을 둘러보았다. 한 노인 분은 느릿느릿 여유 있는 춤사위를 선보였다. 중학생들은 저들끼리 낄낄 웃으면서 몸을 뒤흔들고 이준은 왁킹을 섞은 하우스 춤을 추었다. 훈민도 에라 모르겠다 하는 심정으로 두 손을 흔들면서 개다리춤이나 관광 버스 춤을 추었다.

어느덧 광장에 사람들이 모여들어 그들을 빙 둘러싸고 박수쳤다. 어떤 사람들은 처음에는 이게 뭐지 싶다가 그들이 이어폰으로 음악을 듣고 있다는 걸 깨닫고 웃음을 터뜨렸다.

15분간 이어진 플래시 몹 행사가 끝나고 참석자들은 모두 얼굴이 땀에 절어서 웃음을 띠고는 서로 인사를 하고 갈 길을 갔다. 이준은 아, 시원하다 한마디 하고 훈민과 셔틀버스를 타러 이동했다.

"어때요? 훈민 님."

"하하. 정말 신기한 행사네요."

"돈은 없고 술도 못 마시고, 클럽 갈 친구 없으면 이렇게라도 스트레스를 발산해야죠. 훈민 님, 다음번에는 무근본 칵테일 행사가 열리는 데 같이 가요. 논 알코올 칵테일을 이것 저것 근본 없이 섞어 만든 다음 조금씩 맛보는 취미 모임인데, 정말 각양각색의 사람들이 모인대요. 저는 트렌드에 민감해서요."

훈민은 활짝 웃었다.

"이준 님은 나름대로 잘 사는 방법이 있군요."

"네. 경제학과에서 은따로 살지만 그래도 공짜, 아니면 돈을 적게 들이는 취미 생활은 있어야죠. 혼자 유유히 즐깁니다."

그때 카페 단톡방에 글이 올라왔다. 정음이었다.

[★ 긴급 공지합니다. 레트로 컨셉 관련해서 기숙사 라운지에서 회의를 주최합니다. 오늘 밤 9시인데 다들 가능한가요?]

그날 밤 9시, 기숙사 서관과 동관의 가운데 라운지에서 다경, 훈민, 정음과 이준이 긴급 회의를 가졌다. 정음은 다경의 집에서 본 엘피판과 카세트테이프에 관해 말하면서 이야기를 꺼냈다.

"우리 카페도 시그니처 음료만 개발할 것이 아니라 새로운 행사를 해서 방문하는 재미가 있도록 하는 겁니다. 기숙사생들에게 광고도 하고요. 그렇게 매장 방문 고객과 배달 서비스를 늘려나가는 방법을 모색해 보려고요."

이준이 손가락을 튕겼다.

"이건 어때요? 아이디어가 떠올랐어요. 과거 생활을 다룬 TV 다큐멘터리에서 봤는데, 예전에는 음악다방이 있었대요. 추석에 본 영화에도 나오는 것 같은데, 하여간 다방에서 디제이들이 신청곡을 틀어주고 라디오처럼 사연도 읽어주더라고요. 우리가 카페 방문한 분들에게 신청곡을 받고 그러는 거죠."

다경이 정리를 했다.

"이렇게 해요. 선배들이 가끔 일일 주점이나 일일 호프 같은 거 하잖아요. 동아리 경비 마련한다고요. 우리도 카페 프로모션 행사로 일일 송차 다방을 열어서 초대도 하고 방문객도 받고 그러자고요!"

그들은 즉석에서 카페를 레트로 컨셉으로 꾸미는 방법과 메뉴를 정했다. 일일 다방은 모든 음료를 팔기보다는 한정된 음료와 간식으로 집중시키고, 행사에 집중하기로 했다.

일일 다방 디데이가 점점 다가왔다. 기말고사 전, 학생들이 한가한 지금이 적기이다. 일일 송차 다방 표를 친구들에게 홍보하고 팔기도 했다. 표 한 장에 음료 한 잔과 디저트 한 개가 포함돼 있었다.

드디어 디데이 새벽, 테이블과 의자를 모두 벽에 붙여 카페 안쪽 공간을 최대한 넓게 확보했다. 그리고 2층에서 엘피판과 전축, 카세트테이프와 플레이어를 가지고 내려왔다. 훈민은 어제 만들어놓은 레트로 디저트를 최종 점검하고 다경은 음료 도구를 모두 정비했다. 배달 주문 앱 간판에는 송차 다방 행사 관계로 한시적으로 배달을 중지한다고 공지를 올렸다.

개장 30분 전, '송차 다방 가는 길'이라고 써 붙인 스티커 전단을 바닥에 붙이던 이준은 깜짝 놀랐다. 길게 줄이 늘어서 있었다. 상가 내에 새로 생긴 프랜차이즈 음식점에 늘어선 줄인가 싶어 따라가 보니, 세상에 송차 카페에서 시작된 줄이었다. 이준은 머리를 긁적이다가 얼른 가게 안으로 뛰어들어갔다.

"큰일입니다. 줄이 섰어요. 웨이팅 줄이요."

다경이 눈을 크게 뜨고 훈민은 케이크에 생크림을 올리다가 고개를 번쩍 들었다. 정음이 크게 소리치면서 손뼉을 쳤다.

"자자, 어서 집중해요. 마지막 스퍼트를 올립시다. 각자 맡은 바 일해요. 이준 님, 음악 셀렉 되었죠?"

"넵! 넵!"

드디어 오픈 시간이 되었다. 줄 선 사람들이 차례로 들어왔다. 처음엔 송차 다방 표로 음료를 사가는 학생들이 많다가, 나중에는 둘러보러 온 동네 주민들이 많아졌다. 여러 사람이 들어왔다 나가기를 반복했다. 훈민은 심혈을 기울인 인삼을 토핑한 아이스 인삼 쌍화차, 약과 케이크 등 레트로 디저트들을 소개하고 판매했다. 정음은 쓰레기를 치우고 손님들 입장을 도왔다. 다경은 포장하러 온 손님들을 돕고 카운터를 보았다. 송미선은 훈민을 도와 음료 제조를 했다.

청청 패션을 한 이준이 헤드셋을 쓰고 선글라스를 끼고 외쳤다.

"자자, 이제 레트로 파티가 시작됩니다. 모두 외쳐 주세요. I say 송차! You say 카페! 송차! 카페!"

손님들은 처음에는 어색해했지만 무소음 디스코 이벤트를 진행하니 점점 웃으면서 행사에 참여했다. 헤드셋을 끼고 참여하는 디스코에서 춤을 웃기게 추는 참가자가 있어 박장대소가 터졌다. 90년대 발라드 음악과 댄스 음악을 고루고루 틀고 80년대 다방 디제이 흉내도 내면서 행사가 이어졌다.

그날 디저트와 음료가 모두 소진되어 행사가 아쉽게 일찍 끝났다. 훈민, 다경, 이준과 정음은 밤 10시에 가게를 정리하고 모두 카페 가운데 앉아 한숨을 돌렸다. 문에 커튼과 블라인드를 치고 그날 매출을 확인했다. 일일 다방 표 손님이 30만 원, 카드 매출 152만 원 그리고 현금 매출이 27만 원이었다. 총 200만 원이 넘는 매출에 다들 환호했다. 가게 경비나 송 사장님 수고비를 제하고 네 명이 나누면 그렇게 큰 금액은 아니지만 그래도 희망을 본 것이다. 이제 입소문을 타면 매장 방문 고객이나 배달 주문이 늘어날지도 모른다. 송미선이 캔맥주와 오징어를 가져다주고 2층으로 올라갔다. 훈민이 활짝 웃었다.

"우리 제대로 파티할래요? 제가 무근본 칵테일 만들어 올게요."

훈민은 냉장고로 가서 레몬청과 블루큐라소 시럽, 소다수를 섞고 맥주와 얼음을 넣어 무근본 하이볼을 만들어왔다. 다경은 머들러로 음료를 저으면서 외쳤다.

"바다색 코발트블루가 너무 예쁜데요?"

이준이 한 모금 마셨다.

"으흠, 나 술 잘 못 마시는데 이건 그래도 몇 모금 더 마셔보고 싶습니다. 오늘 수고한 디제이 경이준 님에게 진정으로 고마워. 나 자신 칭찬해. 어, 취한다."

이준은 자신의 어깨를 감싸며 토닥토닥 두드렸다. 정음은 자신이 낸 아이디어로 대박을 쳤다는 생각에 무척 흐뭇했다. 자신감이 생겼다. 올해도 이렇게 상반기가 넘어가고 있고 이제 곧 1학기가 끝난다. 여름방학에는 뭔가 더 신나고 의미있는 이벤트를 기획해야겠다는 생각이 떠올랐다.

한 번뿐인 인생, 후회 없이. 고민을 날려버리는

더위사냥 맛 스무디

기말고사도 끝났다. 중간고사보다는 시험을 잘 본 정음은 마음이 한결 편했다. 장학금을 받을 수 있을지는 모르지만, 그래도 후회는 없었다. 지금부터 연말까지 라식 수술과 쌍꺼풀 수술 비용을 모아야 한다. 그러기 위해서는 송차 카페 매출을 늘려야 했다.

정음은 며칠 전부터 송차 카페와 동풍 라이더스 식구들이 함께 진행하는 대규모 행사를 구상하고 있었다. 정음은 송미선이 카페를 보는 날, 동료들과 함께 동풍 라이더스 사무실을 찾아갔다. 훈민은 안 가려고 했지만 정음이 중대 발표를 한다기에 어쩔 수 없이 동행했다. 사무실에는 메리가 조용히 낮잠을 자고 있었다.

"안녕하세요, 기사님들."

정음이 미리 방문 약속을 잡아놓아서 모두 기다리고 있었다. 어르신 기사가 경례를 하면서 장난스럽게 인사했다.

"어서들 오시게나, 제군들."

정성은 훈민과 눈이 마주칠 새라 고개를 약간 숙였다. 훈민은 고개를 돌렸다.

"오늘은 제가 그간 실적 발표를 하고 앞으로의 행보를 위해 제안드릴 게 있어서 왔어요.”

정음은 노트북을 전자 칠판에 연결해 피피티가 화면에 보이도록 조정했다. 모솔 기사가 남는 시간에 사무실에서 영화를 보려고 사다둔 전자 칠판이었다.

“먼저 상반기 실적 보고를 하겠습니다. 송차 카페의 1월 매출은 500만 원입니다. 월세와 관리비, 재료비, 경비 등 270여만 원과 세금을 떼고 저희 넷이 나누었습니다. 2월에는 매출이 1월에 비해 1.7배 늘어 가져가는 돈이 늘었습니다. 훈민 님이 개발에 몸을 갈아 넣고, 저희도 부서져라 일한 시간에 비례하는 돈은 아니지만 미래를 보고 일했습니다. 3월에는 개강을 해서 일하는 시간은 줄었지만 배달 주문이 늘어 매출이 상승했습니다. 그리고 송미선 사장님이 도와주셔서 저희는 일정 수준 이상의 급여를 받을 수 있었고 지난 달은 140만 원씩 가져갔습니다.”

좌중에서 환호가 터져 나왔다. 정음은 잠시 뜸을 들이다가 말했다.

“하지만 아직도 배가 고픕니다. 그래서 오늘은 라이더스 기사님들과 저희 송차 카페 식구들이 협업을 위해 멤버십 트레이닝 겸 세미나로 다 같이 1박 2일 캠핑을 가자고 제안드리는 바입니다.”

수경이 손을 들었다.

"취지는 좋은데, 아이를 봐줄 분을 알아봐야 하는데요."

"같이 오십시오. 괜찮습니다. 육아 환경을 고려해 드립니다."

정성이 물었다.

"다들 어떠세요? 기사님들."

어르신 기사가 말했다.

"난 재미있을 것 같은데 업무에 도움도 될 것 같고. 근데 1박 2일을 빼면 수입이 줄어드는데 다들 괜찮은겨?"

수경이 고개를 끄덕이자 모솔도 간다고 답했다. 정음은 피피티를 넘겼다. 캠핑장 사진이 나왔다.

"여기서 멀지 않은 곳에 캠프파이어도 할 수 있고, 세미나실도 있는 저렴한 캠핑장이 있습니다. 다음 주 중에 의견을 모아서 날짜를 잡고 바로 예약하겠습니다."

그날 회의 결과 학생들을 고려해 금요일 수업이 끝나는 대로 송차 카페 앞에서 모여 출발하기로 했다. 라이더들은 정성이 모는 승합차로 이동하기로 했고, 카페 멤버들은 다경이 모는 미니 봉고로 이동하기로 했다.

멤버십 트레이닝 당일. 다경은 배달 주문 앱 카페 간판에 이렇게 메모를 남겼다.

오늘은 송차 카페 멤버십 트레이닝으로 배달 서비스는

쉽니다. 대신 매장에는 송 사장님이 나오셔서 음료를 팔고 있습니다~

미니 봉고가 캠핑장에 먼저 도착했다. 훈민과 다경은 짐을 내리고 정음은 세미나실과 숙소를 확인했다. 방갈로가 여자 숙소와 남자 숙소로 나뉘어 있고 캠프파이어를 하는 동그란 광장 건너편에 세미나실과 매점이 있는 건물이 있었다. 훈민과 다경은 세미나실에 짐을 풀었다. 정음과 이준이 책상을 이어붙였다. 훈민은 아이스박스에서 자몽청, 생강청, 우롱차, 과일 같은 베이스 재료와 티스트레이너, 핸드드립 도구 등 음료 블렌딩 도구를 꺼내 일렬로 늘어놓았다. 그리고 적어온 레시피를 참고해서 다경과 함께 음료를 제조하고 시음했다.

정음과 이준은 화면에 노트북을 연결하고 서비스, 새로운 메뉴 등 회의 안건을 살폈다. 잠시 후 라이더들이 도착했다.

정음은 피피티를 켜놓고 신메뉴 소개와 특징, 서비스 안전 교육을 시작했다.

"그럼 이것으로 신메뉴 개발 계획을 마칩니다. 아, 마지막으로 라이더스 분들께 당부의 말씀 드리겠습니다. 비 오는 날에는 반드시 천천히 달려주시고 카페 근처 아파트 단지에는 어린아이들이나 노약자분들이 많으니 속도를 지켜주시고 안전 운전 부탁드립니다."

어르신 기사가 고개를 끄덕이면서 크게 말했다.

"그건 걱정 마. 이 실장이 속도위반 딱지 날아오거나, 안전 운전 안 하고 신호 위반하거나 하면 바로 아웃시키니께. 걱정 말어."

마지막으로 훈민이 나섰다.

"저…, 제가 개발한 음료 외에도 혹시 이런 음료나 간식이 있었으면 좋겠다 하는 아이디어가 있으신 분은 말씀을 해주시면 제가 메뉴 개발에 넣어볼게요."

어르신 기사가 손을 들었다.

"내가 젊을 적에 먹던 게 있는디 더위 사냥이라고 다들 알지?"

이준이 말했다.

"저도 초등학교 때 학교 앞 문방구에서 많이 사 먹었어요! 더울 때 한입 베어 먹으면 엄청 시원했습니다."

"그랴 그거. 그런 것처럼 거, 추억의 음료는 워뗘?"

다경이 눈을 크게 뜨고 말했다.

"오오! 저는 뽕따나 스크류바나 죠스바 같은 맛도 그리워요. 음료로 나오면 찾는 분들이 있을 거 같은데요. 대학생들도 초딩 때 맨날 먹던 아이스크림이니까요."

정음이 칠판에 적어나갔다.

"그럼 레트로 음료로 더위 사냥, 뽕따 같은 맛이 나는 스무디를 고려해 보겠습니다. 그 외 다른 레트로 음료도 알아보겠습니다."

훈민도 고개를 끄덕이면서 레시피 노트에 적어나갔다. 정음이 물었다.

"훈민 파티시에님 개발할 수 있나요?"

"네. 죠스바나 뽕따 같은 맛이나 색은 블루큐라소 시럽으로 충분히 재현해 볼 수 있고요, 더위 사냥은 기존 프랜차이즈 카페에서도 비슷한 맛으로 재현한 곳이 있습니다. 그런데 만약에 제가 개발하게 된다면 텁텁한 우유 맛보다는 더위 사냥 본연의 시원한 맛을 살리고 싶어요. 커피에 코코넛이나 깔루아 시럽 등을 첨가해 새롭게 개발하고 싶습니다. 흑설탕을 쓰면 담백한 맛도 낼 수 있고요. 생크림을 올렸던 기존의 커피 스무디에 상큼하고 시원한 셔벗 식감을 재현해 볼게요."

정성은 입가에 알게 모르게 작은 미소를 띠고 훈민을 슬쩍 보았다. 정음은 마무리 멘트를 날렸다. 미리 준비해 온 것이다.

"삶은 자신을 찾는 여정이 아니라 자신을 창조하는 과정이라고 했습니다. 우리 모두 동기 부여 루틴을 만들어 나가요!"

세미나가 성공적으로 끝나고 박수가 터져 나왔다. 훈민은 본격적으로 캠핑 음식을 준비했다. 꼬치에 마시멜로를 끼우고 접시에 예쁘게 세팅했다. 라이더들은 맥주를 궤짝으로 가져와 놓고 고기를 손질하고 채소를 씻었다. 정음이 놀라서 다가왔다.

"어? 바비큐 하시는 거예요? 저희들은 디저트만 준비했는데…."

정성이 대답했다.

"걱정 말아요. 고기하고 채소 굽는 거하고 불 피우는 건 우리가 알아서 합니다."

모솔이 불을 피우고 정성은 스테이크를 네모나게 잘라서 양파, 당근 등과 번갈아 꼬치에 끼워 그릴에 올렸다. 고기 익는 냄새가 고소하게 났다. 어르신 기사가 쌈장을 제조하고, 수경은 채소를 세팅하고 작은 압력솥에 잡곡밥을 지었다. 캠핑장 테이블에 바비큐, 밥과 반찬, 쌈과 각종 디저트가 올라가니 뷔페 한 상처럼 멋진 식탁이 완성되었다.

모두 둘러앉았다. 라이더들이 왼쪽 테이블에 모여 앉고, 오른쪽 테이블에는 송차 카페 식구들이 옹기종기 앉아 밥을 먹었다. 재준도 모솔이 얹어주는 반찬을 맛나게 먹었다. 라이더들은 맥주를 한 잔씩, 송차 카페 식구들은 훈민이 만들어본 더위 사냥 맛 스무디를 마셨다. 정성은 술을 마시지 않고 조용히 고기만 구웠다.

어느덧 캠핑장에 어둠이 내려앉았다. 방문객이 거의 없어 그들은 오붓하고 한가롭게 캠핑을 즐겼다. 식사를 마치고 캠핑장 사장님이 캠프파이어를 할 수 있도록 장작을 가져와 불을 지펴주었다. 이글이글 타오르는 모닥불 주변으로 모두 둥글게 앉았다. 이준이 케이팝을 틀어놓고 춤을 선보였다. 박수갈채가 이어졌다.

분위기가 무르익으면서 모닥불을 보면서 감상에 젖어 있는데, 모솔이 기타를 치며 노래를 불렀다. 자전거 탄 풍경이 부른 〈너에게 난, 나에게 넌〉 전주 부분을 쳤다. 어르신 기사가 첫 소절을 불렀다. 정음과 다경도 라디오에서 들어본 적 있는 유명한 노래였다. 휴대전화에서 가사를 찾아 따라 불렀다.

정음은 모두에게 초를 나누어 주었다. 중학교 수련회에서도 촛불을 들고 부모님을 떠올리며 편지를 읽는 시간이 있었다. 그리고 대학교 1학년 때 선배들이 나이팅게일 선서식에서 초를 하나씩 들고 선서하던 모습이 매우 인상적이었다. 그때 감동받아서 울컥할 뻔했다.

정음이 조용히 말했다.

"모두 학창 시절에 캠프파이어 가서 촛불 행사를 하신 적 있으시죠? 그때를 떠올리면서 서로에게 하고 싶었던 말이나 서운했던 말 해봅시다. 먼저 제가 해볼게요."

정음은 약간 떨리는 목소리로 말을 이었다. 모두 촛불을 서로에게 건네서 불을 붙여나갔다.

"그동안 송차 카페를 같이 운영한 친구들아 정말 고마워. 일할 때는 존댓말을 쓰지만 정말 친근하고 고맙고 그래서 여기서는 반말을 할게. 하반기에노 잘 부탁해. 그리고 어르신 성함이 최봉주 선생님이시라는 것 뒤늦게 알았어요. 최 기사님. 앞으로도 잘 부탁드리고 예전에 제가 서운하게 한 거 있으면 용서해 주세요. 최 기사님을 보고 저와 다른 윗세대에 대해 이해도 하고 같이 더불어 사는 세상이라는 걸 느끼게 되었어요."

정음의 말이 끝나고 어르신 기사가 답했다.

"늘 고맙지, 난. 이렇게 젊은이들이 나를 거 뭣이나 멤버십 트레이닝에도 끼워주고. 나 체력이 닫는 데까지 폐 끼치지 않고 열심히 도울텨. 아이들도 집에 잘 안 오고, 요양원 계신 부모님 부양하느라 힘겨워 울적한 날들도 있었는데, 이제는 안 그래. 동풍 식구들하고 송차 카페 사장님들하고 모두 한 식구 같어, 앞으로도 잘 부탁혀."

다경이 초를 들고 바람을 손으로 막으면서 눈시울이 붉어졌다. 다경의 목소리가 떨렸다.

"정말 고마워요. 모두 진짜 식구예요. 망해가는 우리 엄마 카페를 살리려고 무던히 노력했잖아요. 이 자리를 빌려 말할게요. 훈민아, 그간 개발하느라 일하는 시간 이외에도 밤

낮없이 몰두해 준 거 정말 고맙고 미안해. 그리고 정음아, 넌 나에게 룸메이트이면서 항상 희망을 일깨워주는 진정한 친구이자 동료야. 그리고 이준 님, 정말로 고마워. 솔직히 이준 님의 인기에 힘입어 카페가 더욱 잘 될 수 있었어. 그리고 이 실장님, 어르신 기사님, 수경 기사님, 모솔 기사님 모두 정말로 진심으로 감사합니다."

이번에는 이준이 담담하게 말했다.

"저는 새해에 송차 카페 알바생으로 처음 들어왔거든요. 집안 형편 때문에 기숙사에서 겨울방학을 나고 있었어요. 그런데 제가 기숙사나 과에 친구가 많지 않아요. 팀플 할 때도 겨우겨우 들어가는 아웃사이더라, 방학 때는 매일 밥을 혼자 먹어요. 현미 햇반에 멸치, 조미김, 김치 조금 그리고 고추장, 참치 통조림 같은 걸로 세 끼를 먹는 거죠. 계속 그렇게 먹다 보니 그 맛에 익숙해지고 다른 맛은 별로 생각이 안 나더라고요. 그런데 어느 날 기숙사에서 혼자 고독사해도 아무도 모르겠다 싶고, 마침 돈도 떨어져서 생활비를 벌어야 했어요. 그때 구인 글을 보고 면접을 보러 간 거예요. 동갑내기 친구들이 일하기에 덥석 합류했죠. 지금은 모두 고마운 분들입니다. 동료들도 라이더스 기사님들도요."

잠시 후 이번에는 수경이 말했다.

"저는 바이크 타는 취미가 있어 라이더를 하게 되었지만

비 오는 날 미끄러지기도 하고 정말 무서웠던 적도 있어요. 아들이 눈앞에 어른거리고…. 그때부터는 속력을 안 내요. 아들은 이제 정말 나밖에 없거든요. 아이 아빠가 양육비만 보내고 거의 연락을 안 하거든요…."

수경은 옆에서 잠든 재준의 얼굴을 쓰다듬었다.

그리고 모솔이 조용히 입을 열었다.

"저는 모태 솔로로 35년을 살아왔습니다. 최근에 좋아하는 사람이 생겼는데, 그 사람이 마음을 열기 힘들어하네요…."

정음이 크게 말했다.

"그 마음 응원합니다. 카페를 정상화시키기 위해 노력하는 우리들처럼, 사랑을 위해서 노력해 보세요."

모두가 환호했다. 수경만 유일하게 웃지 못했다.

"모두 고맙습니다. 하지만 너무 힘들면 포…기할 거 같습니다. 저는 여기까지 할게요."

모솔이 이야기를 마쳤다. 수경이 진지한 표정을 지었다.

이번에는 모두 훈민과 정성을 보았다. 훈민이 먼저 입을 천천히 열었다.

"어렸을 적 헤어져 연락 없는 아빠가 미웠습니다."

모두 긴장된 표정을 지었다. 훈민의 눈시울이 붉어졌다. 손에 든 촛불을 꺼지지 않게 잘 감쌌다.

"보고 싶지 않았습니다. 그런데 만났고 지금은 대화도 하지 않는 상태죠…. 이게 맞는 걸까요? 아직은 마음에서 용서하고 있지 않습니다."

정성은 초를 정음에게 건네고 조용히 캠핑장을 나갔다. 승합차 시동 소리가 들려 모솔과 어르신 기사가 뛰어갔지만, 정성은 차를 몰고 어디론가 가버렸다. 훈민의 어깨를 다경이 다독였다. 그날 밤, 재준을 재우고 잠들려던 수경에게 메시지가 왔다.

[좀 만날 수 있어요? 여기 여자 숙소 앞에 벤치입니다.]

수경은 재준에게 이불을 덮어주고 잠든 다경과 정음을 보다 밖으로 슬며시 나갔다. 밤하늘에 별들이 반짝이고 개울 소리가 요란한 가운데 풀벌레 소리가 들렸다. 가로등과 색색의 알전구가 빛을 발산했다. 수경은 개울가 벤치로 향했다. 모솔이 가로등 아래 날아드는 날벌레들을 쫓으면서 앉아 있었다. 수경은 미소를 띠었다. 평소 얌전한 그가 벌레를 저렇게 싫어하는 줄은 몰랐다.

"왜 불렀어요?"

수경이 오자 모솔이 엉거주춤 일어났다.

"오, 오셨어요? 앉으세요."

모솔은 손수건을 맞은편 벤치에 깔아주었다. 그리고 수경에게 단호박 라떼를 수줍게 건넸다.

"아까 송차 카페 식구들이 음료 만드는 걸 지켜보다가 훈민 님에게 배운 겁니다. 드셔보세요."

수경은 조용히 음료를 받아서 빨대로 마셨다.

"음 달달하고 맛있어요. 하고 싶은 말이 뭐죠?"

"진중한 이, 이야기가 하고 싶습니다…."

모솔은 인생 최대의 용기를 내어 제대로 고백하려 했다. 하지만 쉽지 않았다. 몸이 꼬이고 혀도 꼬이고 그리고 수경을 보면 자꾸만 슬슬 웃음이 나온다. 진지한 말을 해야 하는데 입이 떨어지지 않았다. 하지만 이야기를 다시 꺼내야 했다. 캠핑장의 고적한 밤처럼 고백하기 좋은 시간과 장소는 다시 오지 않는다.

"좋, 좋은 감정으로 만나고 싶습니다. 동료 이상의…."

수경이 은은한 미소를 띠었다. 그리고 단호박 라떼를 한모금 마시고 입을 열었다.

"아시다시피 난 아이가 있어요. 아직 유치원생이라 다른데 신경을 쓸 여유가 없어요. 그리고… 강 기사님 부모님이 보시기에 저는 자격이 안 될 거예요."

모솔이 주먹을 세게 쥐었다.

"부모님과는 상관없습니다. 그렇게 꽉 막히신 분들도 아니고요. 우리 둘의 문제입니다."

모솔은 말을 마치고 입술을 강하게 다물었다. 이대로 놓치고 싶지 않았다. 지난날 수많은 짝사랑처럼 말도 못 하고 멀어지거나 아무렇지 않은 사이로 돌아가고 싶지는 않았다. 수경의 눈에서 눈물이 흘렀다.

"왜, 왜 이렇게 저를 힘들게 하시죠? 지금 얼마나 힘들게 버텨오고 있는데요. 여기서 더 힘들고 싶지 않단 말이에요, 흑흑…."

모솔의 몸이 굳었다. 수경의 눈물을 보고 어떤 말도 할 수가 없었다. 수경은 조용히 흐느꼈다. 모솔은 수경의 어깨로 손을 뻗었다가 다시 거두었다. 아무런 위로도 할 수 없을 것 같았다.

그는 조용히 일어나 바위에 세워둔 기타를 집었다. 스탠딩에그의 〈오래된 노래〉를 연주했다.

수경은 눈물을 멈추고 그의 연주를 들었다. 고요한 밤에 잔잔히 흐르는 연주가 듣기 좋았다. 모솔은 천천히 고개를 들어서 수경과 시선을 마주치고 웃었다. 그렇게 한참 연주를 하다가 개울가로 가서 물소리를 듣다가 각자 숙소로 돌아갔다.

수경은 재준의 곁으로 갔다. 자기 전에 모솔이 숙소로 데려다주면서 했던 말을 떠올렸다.

"이렇게 아무 만남도 갖지 못하고 멀어지긴 싫습니다. 제가 이 일을 관둬도, 사무실을 옮겨도, 살다가 어디선가 수경

님을 우연히 만날 것 같습니다. 지금처럼 그때도 그냥 지나쳐 갈 거 같아요. 그럴 수는 없습니다. 지금 이 순간 후회하기 싫어요. 연락…기다릴게요."

모솔은 수경의 손을 스치듯이 잡았다가, 한 빈 꽉 집아보고는 놓았다. 수경은 그의 손에서 절박하고 간곡한 마음을 읽었다. 수경은 재준의 손을 어루만지면서 고민했다.

'이렇게 헤어지거나 모른 척 살아가는 게 맞는 거겠지. 재준이에게 혼란을 줄 수는 없어….'

다음날 정음이 일어나보니 캠프파이어 자리를 비롯한 모든 공간이 깨끗이 치워져 있었다. 이 실장이 묵묵히 쓰레기를 치우는 것이 보였다. 훈민이 일어나 뒤늦게 나머지 쓰레기를 정리했다. 컵밥으로 아침을 간단히 먹고 송차 카페 식구들은 다경이 모는 미니 봉고에 올랐다. 라이더들은 정성이 모는 승합차에 올랐다. 다들 말없이 들꽃이 핀 들판이나 논밭 등의 국도변 풍경을 무연하게 보았다. 그렇게 송차 카페와 동풍 라이더스의 협업력을 고무시키기 위한 1차 멤버십 트레이닝이 끝났다.

며칠 후, 훈민은 전철역 근처 헬스장에 일일권을 끊고 들어갔다. 기숙사 헬스장이 수리한다고 해서 일부러 간 것이다. 예전에도 틈틈이 아는 선배한테 크로스핏을 배우기도 했는데, 카페 일을 하면서 체력이 정말로 필요하다는 것을 느끼고 근력 운동과 유산소 운동을 하는 중이었다.

훈민은 벤치 프레스에 누워서 60kg짜리를 여러 번 반복해 들었다 놓았다. 힘이 들었다. 숨을 헐떡이는데 누군가 벤치 프레스를 손으로 살짝 들어주면서 구령을 붙였다.

"하나! 둘! 하나! 둘!"

훈민이 운동을 마치고 인사를 하는데 정성이 멋쩍게 고개를 숙여 보였다. 훈민은 놀랐지만 서둘러 인사를 하고 헬스장에서 나갔다. 나가려는데 프런트 여자 직원이 어떤 분이 전해달라고 했다면서 편지를 전해주었다. 겉봉투에는 투박한 글씨체로 '훈민에게'라고 적혀있었다. 기숙사로 돌아온 훈민은 편지를 열어보았다.

훈민에게

훈민아, 미안하다. 네 앞에 서는 게 항상 당당하지 못하다. 내 과거, 왜 연락을 제대 못했는지 이야기하는 게 정말 비굴하지만, 어느 정도는 말해주고 싶었다.

과거 못된 일에 빠져 빚을 지고 도망다니느라 어린 너와 엄마를 한국에 두고 외국에 나가 숨어서 살았다. 그 기간이 오래되고 연락도 못 하다가 나를 쫓던 사람들이 감옥에 갔다는 소식을 뒤늦게 전해 듣고 한국에 들어왔다.

시간이 지나 네 엄마가 돌아갔다는 소식에 절망했고 네가 아동보호시설에 있다는 것을 뒤늦게 알게 되었다. 하지만 섣불리 연락하기 어려웠고 무엇보다 너를 데려올 집을 구해보자는 생각에 일용직이든 어떤 일이든 열심히 해 돈을 모았다.

너를 위한 후원금은 말 그대로 아빠로서 네가 진정으로 잘되기를 바라는 마음으로 모은 돈이다. 받아주기 바란다.

나를 용서해 달라는 말 못하겠지만 그래도 지금처럼 지켜보고만 싶다.

반듯하게 커주어서 진심으로 고맙다.

– 못난 아비가

훈민은 참았던 눈물이 터져 나왔다. 그토록 그리워하던 사람이었는데 막상 마주하니 그리움보다 분노가 터져 나왔다. 나와 엄마가 얼마나 힘들게 사는지 궁금하지도 않았나. 그렇게 연락을 끊고 살다니. 하지만 지금 이 세상 유일하게 남은 가족이다. 훈민은 편지를 곱게 접어 책상 위 서가에 얹어 두었다. 언제고 다시 열어보고 싶었다.

이열치열! 타는 마음에

따뜻한 녹차를

긴 여름방학이 이어지고 있었다. 송미선은 치료를 위해 카페를 잠시 쉬고, 다시 오전 조는 다경과 훈민, 마감 조는 정음과 이준이 맡아서 카페를 운영했다. 신메뉴가 추가되었다. 타피오카 펄을 넣는 음료가 출시된 것이다. 타피오카 펄은 송미선과 훈민이 전담해 삶았다. 송미선은 불 쓰는 게 위험하니 펄이 떨어지면 되도록 재료소진을 공지하고 추가로 삶지 말라고 했다.

적정량의 물에 펄을 넣고 삶는데 보글보글 끓어오를 때까지 주걱으로 계속 저어주어야 했다. 끓어오르면 불 세기를 조절해서 19분간 삶는데 이때도 중간중간 저어주어야 한다. 다 삶아지고 나서는 뜸을 들여야 하는데, 이것도 17분이라는 시간을 정확하게 지켜야 한다. 이후에는 차가운 물로 식히고 설탕을 버무리는 작업을 한다. 참으로 중노동이고 들통을 드는 작업이라 아무나 할 수 없었다.

여느 때처럼 오전 조 훈민과 다경이 배달 주문받고 있었다. 헌팅캡을 쓰고 사파리 점퍼를 입은 중년 남자가 들어와 아메리카노 한 잔을 시키고 카페에서 진득하니 휴대전화를 보며 수첩에 메모하고 있었다. 평일 오전에는 매장에 손님이 많지 않은데 그 중년 남자는 며칠 동안 계속 왔다. 40도 가까운 폭염에도(물론 매장에는 에어컨을 틀지만) 따뜻한 아메리카노를 시켜서 마셨다. 오후 조인 정음도 언젠가 그에 대해 언급한 적이 있었다. 그 남자가 오후는 물론이고 가끔 저녁에도 온다는 것이다. 훈민은 고개를 갸웃했지만 이내 아무렇지 않게 일했다. 세상은 넓고 다양한 사람이 있을 뿐이다.

그날 밤 카페 일을 마치고 스터디 카페에 들러 공부하고 온 정음은 기숙사에 늘어져 있었다. 다경은 오늘 엄마 집에서 잔다고 했다. 요즘 들어 정음은 잠들기 전에 〈극한 직업〉이라는 다큐멘터리를 집중해 보고 있었다. 정말로 일이 힘들고 피곤할 때 종종 시청했다. 중국 청바지 공장 직원들은 수백 장의 청바지를 염색하고 세척하는 작업을 하루 종일 한다. 물에 젖어 묵직해진 청바지 수백 장을 계속 이동시키면서 작업하는 모습이 정말 신기했다. 하루만 해도 지쳐 나가떨어질 것 같은데 이 일을 매일 한다니. 수십 년을 한 직원도 있었다. 인간의 노동은 언제야 끝나는 것일까.

정음은 간호학 공부와 일 사이에서 방황하고 있었다. 내년에는 실습을 나가기 때문에 올해 번 돈 중 라식 수술비, 쌍꺼풀 수술비를 제외하고 남는 돈이 내년 용돈과 생활비가 될 것이다. 카페 운영은 손해는 아니지만, 매출이 높게 나온 날이면 몸이 젖은 솜뭉치처럼 무겁고 힘들었다. 매출이 안 나오면 몸은 한가하지만 정신은 피로했다. 언제야 이 고통에서 해방되는 것일까?

다경이 엄마와 같이 병원에 다녀오느라 정음이 대신 오전에 근무한 적이 있었다. 훈민이 타피오카 펄을 삶는 것을 보았는데, 이것도 대단히 힘든 일이었다. 인생은 타피오카 펄을 삶는 것처럼 늘 저어주어야 하고 뜸 들여야 하는 과정의 연속인 것 같았다.

만으로 스물. 생일이 지나면 스물하나. 좋은 시절은 다 지나간 것 같았다. 정음은 한숨이 나왔지만 애써 숨겼다. 그동안 악역을 자처하면서 카페 매니저로서 앞장서 왔는데 자신부터 무너지고 힘 빠지면 안 된다. 사랑 같은 달콤하고 예쁜 감정은 언제나 느껴볼까. 이러다 나도 솔로로 평생을 보내게 되는 것은 아닌지, 간호학과를 졸업하고 취업은 잘 될지, 3학년에는 학점을 어떻게 받을지, 실습은 힘들지 않을지 온갖 걱정이 밀려 들어왔다. 쓰나미처럼 밀려오는 걱정에 휴대전화를 내려놓고 안대를 끼고 잠을 청했다. 과연 잠이 오려나 했지만, 녹초가 된 몸에 어느덧 졸음이 소복소복 내려앉았다. 정음은 코를 골면서 잠을 잤다. 그날이 그날 같은 매일이 반복되었다.

다음날, 여느 때처럼 기숙사에서 눈을 뜬 정음은 주변을 둘러보았다. 커튼 사이로 햇살이 들어오고 새 지저귀는 소리가 났다. 얼른 몸을 일으켰다. 아점을 먹고 계절학기 수업을 갔다가 오후에 카페에 나가보았다. 이준이 먼저 나와 있었다. 매장을 닦고 정리하면서 오후 장사를 준비하는데 이준이 다가와 정음의 손을 유심히 보았다. 이준은 정음의 손등을 보더니 고개를 끄덕였다.

"대비를 안 하셨구나."

"대비요?"

"네, 정음 님. 카페 일이 설거지도 많이 하고 손에 물 묻힐 일이 많잖아요? 그래서 저는 향기 좋은 고급 핸드로션을 바르거나 자기 전에 레몬 밤을 바르거든요. 그래서 간신히 손등 살결을 유지해요."

　이준은 크로스백에서 핸드크림을 꺼내서 정음의 손등에 발라주었다.

"정음 님, 나처럼 두 손을 비벼요."

　정음은 이준을 따라 했다. 향기와 부드러운 감촉만으로도 피로가 풀리는 듯했다.

　매장 영업 종료 후에 셔틀을 타고 기숙사로 돌아오면서 정음은 대각선 좌석에 앉은 이준이 눈을 감고 꾸벅꾸벅 조는 것을 몰래 보았다.

'혹시 이준 님이 나를 좋아하는 것은 아닐까?' 언뜻 그런 생각이 들었지만 이내 고개를 절레절레 흔들었다.

'그럴 리가, 우리는 정확하게 비즈니스 사이야. 그냥 마감조 같이 근무하는 사이. 그렇지만 혹시?'

셔틀이 기숙사에 도착했다. 정음과 이준은 기숙사 마당에서 헤어져 각자 서관과 동관으로 향했다. 정음은 기숙사 정문 비밀번호를 누르기 전에 하늘을 보았다. 오늘따라 달이 높다랗고 둥글고 선명하게 떠 있었다. 참 예뻐 보였다. 잠시 피로가 풀리고 상쾌한 밤바람이 코에 들어왔다.

다음 날 정음은 근무 시간보다 일찍 카페에 갔다. 근무 전에 잠깐 상가 편의점 테라스에 앉아 공부를 할 생각이었다. 카페 유리창으로 훈민과 다경이 꽁냥거리는 모습이 보기 좋았다. 훈민은 레몬청을 만드는 것처럼 보였다. 훈민이 레몬을 얇게 썰면 다경은 그 옆에서 설탕을 냄비에 붓고 있었다. 보통은 주방에서 하는데 손님이 없는 날이면 매장 프런트 안에서 뚝딱뚝딱 레몬이나 자몽을 썰기도 했다. 훈민 말로는 향긋한 냄새가 매장에 머무는 효과도 있다고 했다.

정음은 편의점으로 가려다가 무심코 몸을 낮추었다. 그리고 유리창 너머로 다시 그들을 살피었다. 설마, 다경과 훈민이 몰래 사귀는 중이고 이준도 남몰래 자신을 좋아하는 건 아닐까. 이때 누군가 정음의 등을 살짝 쳤다. 송미선이었다.

"엇! 사장님."

"정음 매니저, 뭘 보고 있던 거예요?"

송미선의 손에는 장바구니가 들려 있었다.

"아, 아니에요. 아직 근무 시간이 아니어서요. 어디 좀 들렀다 들어가려고요. 헤헤, 사장님. 그럼 이만….”

정음은 부랴부랴 편의점으로 향했다. 그러면서 고개를 도리도리했다. 그럴 리가, 망상일 것이다. 정음은 편의점에서 히비스커스 콤부차를 사서 마셨다. 새콤달콤한 콤부차가, 가뜩이나 싱숭생숭한 기분을 돋우었다. 편의점 음료도 참 오묘하고 독특한 게 많아서 음료 공부를 하면서부터는 이것저것 다양하게 마셔보는 편이었다. 정음은 눈앞에 이준이 웃는 모습이 선연하게 떠올랐다.

그날부터 정음은 좀 달라졌다. 이상하게 이준과 근무하는 시간이 즐겁게 느껴졌다. 평소에는 배달 앱에서 주문! 주문! 음성이 들리기만 해도 겁에 질려 손이 벌벌 떨리기도 하고 피로함이 몰려왔는데 이제는 즐겁다. 이준이 음료를 제조하고 크로플을 굽고 고구마를 다듬는 모습이 멋지게 보였다. 이상한 일이다. 믹서를 돌려도 그 소리가 아름답게 들리고 매장에 흘러나오는 음악에 발을 까닥거리는 이준의 모습도 멋졌다.

무더운 여름 날씨가 시원하게 느껴졌고 하늘은 파랗고 아름다웠다.

비가 와도 예전처럼 짜증나지 않았고 추적추적 내리는 모습이 고즈넉했다.

그날도 이준과 근무 중이었다. 정음은 이준을 힐끔 보았다. 귀엽다! 그래, 귀엽다는 느낌이 들었다. 정말로 이준 님이 귀여워 보였다.

'귀여워 보이면 끝난 거라던데….' 이준이 귀엽다는 생각이 문득 들은 정음은 화들짝 놀라서 음료를 젓던 유리막대를 떨어뜨렸다.

"정음 님. 안 하던 실수를 다 하네요."

"오, 죄송, 죄송."

정음은 유리막대를 설거지통에 담고 새것을 꺼냈다. 정음은 모자 아래 삐져나온 머리카락을 뒤로 넘기고 몰래 뒤돌아서 립밤을 발랐다. 뺨에 홍조가 올랐다.

다음 날 오전 조 훈민과 다경이 근무 중이었다. 매장 문이 열리고 며칠 계속 오던 중년 남자가 들어왔다. 훈민은 그를 쳐다보았다. 늘 헌팅캡에 사파리 점퍼 차림인 남자는 오늘도 색깔만 다른 비슷한 옷을 입고 있었다. 그는 따뜻한 아메리카노 한 잔을 시키고 카페에 앉아 메모하거나 휴대전화를 보았다. 다경도 웹소설을 쓰면서 카페에서 메모를 한 적이 많다. 작가인가 하는 생각도 언뜻 들었다.

그런데 중년 남자가 갑자기 훈민에게 다가와 이야기를 잠시 할 수 있느냐 물었다.

"저, 저요?"

"네. 훈… 민 매니저님."

남자는 훈민의 이름표를 보고 이름을 불렀다. 훈민은 앞치마를 잠시 벗고 남자의 맞은편 의자에 앉았다.

"무슨 일이시죠?"

중년 남자는 명함을 내밀었다. 명함에는 고 실장이라는 명칭과 전화번호만 딸랑 적혀있었다.

"저는 사설탐정입니다. 고 실장이라고 불러주십시오. 본명을 밝히는 것은 위험한 일입니다. 탐정으로서는 말이죠. 그래서 명함에 사무실 주소도 없습니다."

고 실장은 헌팅캡을 살짝 고쳐 쓰면서 말을 이어나갔다. 훈민이 놀라서 물었다.

"아, 네…. 그런데 저희 카페에는 무슨 일로…."

"다름이 아니라, 보이스 피싱범을 잡아달라는 의뢰가 들어왔거든요."

훈민이 놀라서 되물었다.

"네? 보이스 피싱이요?"

"네. 맞습니다."

고 실장은 훈민을 직시했다.

"혹시 이 근처에서 수상쩍게 왔다 갔다 하는 남자를 본 적은 없는지요?"

훈민이 고개를 저으면서 고 실장을 보았다.

"아, 저는 빼고요. 사실 의뢰인은 한 통의 투자 권유 전화를 받고 투자를 시작했습니다. 소액의 투자금을 넣으면 다달이 이자를 받는 방식으로 조금씩 투자를 하다가 점점 금액이 커졌답니다. 그리고 넣은 돈을 못 돌려받았습니다. 돈을 돌려달라고 하니 거래 금액이 커서 금감원에 걸렸다며 벌금을 내야 돈을 돌려줄 수 있다는 방식으로 사기를 쳐서 피해가 더욱 커졌죠."

훈민 옆으로 다경이 다가와 앉았다. 마침 매장에 손님도 없고 배달 주문도 없었다. 둘은 고 실장의 말에 집중했다.

"경찰에 신고해도 수사가 늦어지니까 저한테 의뢰한 것인데, 바로 이 근방에서 그 사기범들을 직접 만나서 돈을 건넨 적도 있고, 통신사에 확인해 보니 그 피싱 사기범들의 전화번호가 이 근방 사제 중계기에서 변환된 흔적이 있었습니다."

"중계기요?"

고 실장은 요즘 사제 중계기를 특정 지역에 설치해서 해외 전화번호를 010으로 바꾸는 수법이 흔하다고 설명했다.

"그 중계기를 승합차에 싣고 이동하기도 하는데 보통은 어디 후미진 곳에 숨겨두기도 한답니다."

고 실장은 실제 잡아낸 중계기를 찍은 사진을 보여주었다.

"그런 식으로 대포 유심칩을 사용하거나 중계기를 이용해 번호를 바꾸는 수법을 밝혀내서 경찰에 범인을 잡아 넘길 겁니다."

다경이 걱정되는 얼굴로 질문했다.

"우리가 어떻게 도와드리면 되는 거죠?"

고 실장은 다경과 훈민에게 긴 이야기를 풀어나갔다. 다경은 고 실장이 말해준 정보를 단톡방에 공유했다.

며칠 후 오후, 한참 일하고 난 정음은 잠시 휴게 시간을 가졌다. 상가 뒷골목에서 담배를 피우려는데 먼저 와있던 어르신 기사와 만났다. 정음은 쭈뼛거리면서 인사했다.

"안 좋아. 피지 말어."

"어르신은요."

"나야 꼰대니까. 에휴. 부모님 모셔야 하는데 육신도 탈탈 털리고. 사는 게 사는 것 같지 않아서 피우지."

정음은 담배를 피우려다 말고 고개를 끄덕였다.

"저도 비슷해요."

"가게 장사는 잘 되어가? 뭐 매출 나눌 거는 있고?"

"그냥 그렇죠. 매출이 잘 나오면 몸이 물에 젖은 솜뭉치이고, 안 나오면 한숨 나오고요."

어르신 기사가 *끄덕끄덕*했다.

"일이란 게 참 그래. 참, 나 얼마 전에 이상한 배달 기사 봤다."

"네?"

정음이 호기심에 물었다.

"어떤 기사님인데요?"

"분명히 장비도 갖추고 우리처럼 배달통도 달고 다니는데 음식을 배달하는 걸 본 적이 없어. 여기서 나랑 한 번씩 담배도 피우고 그러는데…. 정작 배달은 안 한다니까. 신기허지. 돈도 잘 번다는데, 배달도 안 하는데 어떻게 버는 거지?"

정음은 예전에 범죄프로파일러 유튜브 영상에서 '이상한 상황은 범죄를 예고한다'는 말을 떠올렸다.

"어르신, 자세히 말씀해 주세요."

그날 저녁, 정음과 훈민은 카페 근처에서 잠복했다. 매장은 이준과 송미선이 맡고 있고 다경은 볼일을 보러 갔다.

"정음 님, 그러니까 어르신이 이상한 배달 기사를 봤다고 하신 거 맞죠?"

"그렇다니까요. 배달은 안 하고 그냥 왔다 갔다만 하는데 돈을 잘 번다고 자랑했대요. 여기 상가 뒷골목에 종종 담배 피우러 나타난대요. 어르신이 이상해서 오토바이 번호 외우셨는데 번호를 저한테 말해줬어요."

정음은 오토바이 번호 메모한 것을 훈민에게 보여주었다.

"그 왜 탐정인가 하는 분이 보이스 피싱 범인 잡는다면서요."

훈민은 정음의 말을 듣다가 갑자기 입가에 손을 대고 쉿! 했다.

그때, 중간 키에 땅땅한 체격의 배달 기사가 나타나 오토바이를 세웠다. 그는 오토바이에서 내려 쭈그리고 앉아서 휴대전화를 보았다. 정음이 편의점 가는 척하면서 스사삭 가서 오토바이 번호를 보았는데 그 번호가 아니었다.

이준이 중간에 쓰레기를 버리러 나왔다가 이들에게 다가왔다. "이게 지금 뭐 하는 시츄에이션?"

"쉬이잇! 잠복근무입니다."

이준이 즉시 훈민 옆에 앉았다.

"나도 껴도 돼요? 그 고 실장인가 뭔가 사립탐정이 말한 그거 잠복근무하는 거죠? 저 지금 쉬는 시간이어서 시간 돼요."

30여 분이 지났지만 별다른 일이 없었다. 이준이 가게로 돌아가려는데 갑자기 부릉부릉 오토바이 소리가 들리더니 한 오토바이 기사가 나타나 오토바이를 뒷골목 쓰레기장 옆에 세웠다. 키가 큰 남자가 내리더니 벽에 기대서 담배를 태왔다. 정음은 남자의 음식 배달통을 유심히 보았다. '치킨 왔습니다. 각종 음식 배달해요'라고 래핑된 부분이 무척 낡고 오래돼 보였다. 강모솔 기사만 하더라도 배달통에 카카오 프렌즈 캐릭터를 래핑하고 다니는데 저렇게 낡은 배달통은 오랜만에 보는 것이었다.

"내, 내가 번호 몰래 보고 올게요."

정음이 일어나려는데 이준이 말렸다.

"위험해요!"

"쉿!"

이번에는 훈민이 일어났다. 훈민은 정음이 보여주는 번호를 외웠다. 슬그머니 오토바이 쪽으로 가려다가 주머니에서 무언가 꺼내 쓰레기통에 집어넣는 시늉을 했다. 훈민은 오토바이를 지나쳐 가다 슬쩍 고개를 돌려 번호를 보았다.

번호가 맞았다. 훈민은 톡으로 정음에게 알려주었다.

[번호가 맞아요. 어쩌죠? 고 실장님 전화드려야 하는데
  들킬 거 같아요.]

이때 남자가 다시 오토바이에 올라타려고 했다. 이준과 정음이 훈민과 남자 사이로 달려왔다.

"잠깐만요! 기사님! 기사님!"

기숙사 옆 송차 카페

남자가 놀라서 이들을 보았다.

"저희 카페 배달 픽업하러 오신 거 맞죠?"

이준이 기지를 발휘해 거짓으로 말했다.

"뭐? 아냐. 나 배달 안 해."

"맞잖아요. 조리 거의 다 됐거든요? 조금만 기다려 주시면…."

"이거 놔! 이것들이!"

오토바이에 올라타려는 남자를 훈민과 이준이 붙잡았다. 남자는 훈민을 발로 차고 이준을 팔꿈치로 찍었다. 정음이 유튜브를 켜서 경광등 소리를 냈다.

"살려 주세요! 살려 주세요!"

그때 이정성이 오토바이를 타고 달려왔다. 그는 출발하려는 남자를 막아서고, 남자의 오토바이에 달린 배달통을 열었다. 그 안에서 수십 개의 휴대전화가 쏟아져 나왔다. 정음은 재빨리 경찰에 신고하고 훈민은 고 실장에게 연락했다.

곧 경찰이 와서 오토바이 남자를 연행했다. 정음이 경찰차에 오르는 남자에게 일갈했다.

"편하게 돈 벌 궁리나 하고…. 남한테 사기 치지 말고 정직하게 일해요!"

속이 다 후련했다. 급하게 달려온 고 실장은 피해자에게 연락했다. 며칠 지나 경찰과 고 실장에게서 연락이 왔다. 압

수한 휴대전화는 발신 번호 변작 중계기로, 금융사기의 핵심 증거물이었다. 070 번호를 010으로 바꾸어서 피해자들이 진짜 전화번호라고 속게 만드는 기기들이었다. 경찰에서 표창장을 받으러 오라고 연락이 왔다. 정음, 이준, 훈민은 경찰서 행사 날에 나가서 상을 받았다. 다경과 송미선이 가게를 닫고 참석해서 이들의 사진을 찍어주었다.

경찰 표창장을 받은 정음은 이력서에 한 줄 넣을 큼직한 걸 잡았다는 느낌에 기분이 좋았다. 한편 정음은 며칠간 고민하던 마음을 정리했다.

'이제 확실하게 해서 발전을 시켜야 할 단계야.'

정음은 그날 밤, 기숙사 마당으로 나와달라고 누군가에게 톡을 보냈다.

사실 이준에게 보냈다. 마당 벤치에 앉아 있던 정음에게 이준이 다가왔다.

"무슨 일이에요? 카페에서 이야기해도 되는데."

정음이 나직한 목소리로 말했다.

"할 이야기가 있어서요."

"네?"

"이준 님, 저한테 할 말 있으면 먼저 말해주세요."

"오잉? 무슨?"

"나한테 마음 있죠…?"

"네에에에?"

이준은 정음을 똑바로 쳐다보며 강력하게 말했다.

"정음 매니저님, 오늘 제가 확실하게 말할게요. 우리는 모두 비즈니스 관계입니다."

"네? 이준 님, 그럼 제가 오해한 거예요?"

"네. 정확하게요. 연예인들 보세요. 20대 아이돌 커플도 연애하다가 들키거나 하면 바로 헤어지고 자신의 자리로 돌아가잖아요. 서로의 팬들에게 욕을 먹다 먹다 지쳐서 말이죠. 비즈니스가 연애를 우선합니다."

정음은 눈을 크게 뜨고 이준을 보았다.

"아! 이준 님은 아이돌을 할 거라서 연애 이런 거에 휘말리면 안 되니까…. 혹시 그런 마음으로 저를 좋아하는 마음을 억누르는 건가요?"

이준은 고개를 저었다.

"아뇨, 아뇨. 그냥 비즈니스 동료요. 정음 님이 카페를 생각하는 마음이나 경영 마인드 같은 게 배울 점이 많고 호감도 가서 같이 성수동도 가고 그랬던 거지, 절대로 그런 마음은 없어요. 그리고 연애할 여유가 없습니다."

정음의 눈에서 활기가 사라지면서 실망의 눈빛이 엿보였다. 이준이 놀라서 정음의 어깨를 슬쩍 터치하려는데 정음이 돌아섰다.

"아…. 알았어요. 위로할 마음 같은 거 갖지 말아요. 저 혼자서 정리할 수 있으니까. 그리고 이건…."

정음은 입술을 깨물고 말했다.

"훈민 님과 다경 님에게는 절대로 절대로 비밀입니다."

다음날 정음은 아프다는 핑계로 30분 일찍 퇴근 했다. 정음은 쓸쓸히 셔틀에 오르려다가 발걸음을 돌려 전철역 쪽으로 향했다. 30여 분 걸어가면 번화가가 나온다. 그곳에서 시간을 보내다가 셔틀이 끊기면 택시를 타고 기숙사로 돌아갈 예정이었다.

입안이 썼다. 정음은 잠시 택시 정류장 벤치에 앉아 있었다. 눈물도 나오지 않았다. 피곤하고 기분이 별로였다. 무언가 마시고 싶었다. 주변을 돌아보니 아직 영업 중인 프랜차이즈 카페가 있었다. 정음은 들어가 메뉴판을 살피다가 따뜻한 녹차를 시켰다.

"뜨거우니까 조심하세요."

직원의 말에 정음은 녹차를 조심히 마셨다. 이열치열이었다. 따뜻한 녹차를 마시면서 불타는 속을 안정시키고 싶었다.

"헤헷, 헷! 아, 뜨거워."

녹차는 정말로 뜨거워 혀를 살짝 데었다. 정음은 한숨을

푹 쉬면서 그래도 이만하기에 다행이구나 싶었다. 오해는 오
해로 가볍게 끝나야지, 가슴앓이하거나 남들이 눈치를 채거
나 하면 큰일이다.

마음을 안정시키는

엄마표 누룽지 밀크티

9월, 2학기가 시작되었다. 그래도 1학기 때만큼 피곤하지는 않았다. 다경은 그간 연재했던 웹소설 연재를 마쳤다. 반응은 그저 그랬지만 그래도 팬들이 조금 생겨나서 뿌듯했다. 중세 시대 대학 기숙사에 사는 귀족들 간의 섬싱을 그린 소설이었다. 다경은 마지막 화를 올리고 노트북을 닫으면서 미소를 띠었다. 그때 알림음이 울렸다. 기숙사 사감 선생님으로부터 온 메시지였다.

[다경 학생. 언제 시간 나요? 의논할 게 있어서요.]

마침 기숙사에 있던 다경은 사감 선생님을 만나러 갔다. 사감은 다경에게 오렌지 향이 나는 차를 주고는 말문을 열었다.

"다경 학생 어머니께서 기숙사 근처에서 카페를 하고 계신다고 했죠? 왜 저번에 축제에서도 커피 부스 차리고 그랬던 것 같은데."

"네, 맞습니다. 우리 학교 학생들이 일하고 있어 축제에서 커피차도 영업하고 그랬어요."

"이번 달에 기숙사 웰컴 파티를 하잖아요. 그때 어머니가 좀 도와주실 수 있나 해서요. 별건 아니고 간단한 케이터링인데, 뷔페 업체를 알아보니까 가격이 꽤 나가서 근처 카페를 수소문해 봤어요. 그런데 본사 방침에 따라 외부 영업을 나가기 힘들대서…. 그래서 급하게 다경 학생에게 문의드리는 겁니다."

다경은 기숙사 방으로 돌아와 정음에게 톡으로 상의를 했다. 정음은 현재 카페에서 근무 중이다. 정음은 밤에 기숙사 라운지에서 회의하자고 했다. 웰컴 파티는 보통 처음 입소한 학생들을 위한 안내 행사인데, 외부인 출입이 금지된 기숙사에서 1년에 한 번 가족들을 초청해 방을 공개하는 가족 행사로 진행하기도 했다. 다경도 1학년 때 한 번 엄마와 고등학교 때 친구들을 불러서 기숙사 방 공개를 했었다.

그날 밤, 기숙사의 라운지에 모인 훈민, 다경, 정음, 이준은 기숙사 웰컴 파티에 대해 의논했다. 정음은 아직 이준에게 불편한 감정이 남아 있었다. 괜한 오해를 하는 바람에 나를 좋아하냐고 물어봤던 때가 떠올라 얼굴에 열기가 올랐다. 귀가 빨개진 정음은 머리카락으로 귀를 가리고 고개를 들어 다경을 보았다.

"우리 실력으로 충분히 할 수 있을 것 같은데요?"

정음의 말에 훈민도 고개를 끄덕였다.

"아직 중간고사까지 시간도 남아 있어서 저도 괜찮을 것 같습니다. 초대할 분은 없지만요."

훈민의 말에 약간 분위기가 경직되었다.

이준이 활짝 웃으며 말했다.

"저는 할머니를 초대할 예정입니다. 할머니 건강이 괜찮다면 제가 사는 곳을 보여드리고 싶어요. 물론 방을 깨끗하게 정리해야겠지만요."

정음은 고개를 끄덕였다.

"좋습니다. 저는 가족이 많아서 오히려 초대가 번거로울 것 같아요. 일단 제가 그날 웰컴 파티 음료 전담할게요."

정음은 동생들과 가족이 우르르 기숙사에 오는 걸 원하지 않았기에 그날 종일 일하겠다고 선언했다. 메뉴 선정 회의가 이어졌다. 어르신들이 많이 오시지만 레트로 컨셉보다는 휘낭시에나 에그 타르트 등 집어 먹기 쉬운 간단한 디저트를 훈민이 만들거나 사입하기로 했다. 그리고 음료는 레모네이드나 과일 펀치 등으로 준비해서 여러 명이 한꺼번에 몰려들어도 서빙하기 쉬운 쪽으로 택했다.

드디어 웰컴 파티 당일, 이준과 정음은 기숙사 입구에서 손님에게 케이터링 서비스를 하고, 훈민과 다경은 라운지에서 서빙하기로 했다. 정음과 이준은 입구에 테이블과 집기를 가져다 두었다. 이어 붙인 테이블 위에 테이블웨어를 세팅하고 커다란 볼에 담긴 과일 펀치와 레모네이드를 종이컵에 옮겨 담았다. 그리고 휘낭시에와 미니 베이글, 에그 타르트와 과일을 세팅했다.

"이준 님은 누구 초대했어요?"

"저는 가까운 지인과 부모님, 할머니인데 할머니는 오실지 모르겠어요. 잘 걷지를 못하셔서요."

정음은 펀치에 사과 조각와 레몬 조각, 오렌지 조각을 넣고 잘 뒤섞으면서 고개를 끄덕였다. 기숙사 정문으로 들어서는 사람들 줄이 끊어지자, 정음은 고개를 들어 무심코 기숙사 마당을 보았다. 저만치 10대 여자 두 명과 중년 여성 한 명이 재잘대면서 걸어오는 게 보였다. 옷차림과 얼굴이 낯익었다. 누구인지 알아차린 정음은 깜짝 놀랐다. 그들이 정문에 도착해 정음의 앞에 서서 싱글벙글 웃었다.

"여기 음료수….."

입에서 말은 자동으로 나왔지만, "레모네이드 드릴까요, 펀치 드릴까요?"라는 말은 차마 하지 못했다.

"언니! 언니네 학교 홈페이지 들어가 봤다가 우연히 알게 되어서, 언니 몰래 왔지롱!"

아, 그래서 저번에 전화했었구나. 정음은 대수롭지 않게 생각해 동생에게 전화를 되걸어 주는 걸 깜박했다. 정음의 엄마는 정음 대신 음료를 뜨는 국자를 잡았다.

"내가 도와줄까, 정음아."

정음은 정신을 차렸다.

"어! 안 돼, 엄마. 내가 해야 해."

"고생한다. 정음아."

엄마는 눈시울이 약간 붉어졌다. 평생 돈 벌어오는 걸 힘들어하던 아빠 대신 생계를 짊어지던 엄마는 그사이 얼굴에 주름이 늘고 손도 거칠었다.

"용돈 버느라 힘들지. 엄마가 여유 되면 돈 좀 부칠게. 이제 공부만 해, 정음아."

"아, 아냐. 이거 내가 인생 경험도 할 겸 재미있어서 하는 거야."

"언니, 나 용돈 좀 줘 그럼."

동생의 말에 정음은 무표정으로 대답했다.

"나처럼 벌어서 써. 알았지."

동생은 고개만 끄덕였다.

쓰레기를 정리하고 일어선 이준은 정음과 가족들을 부러운 눈으로 보았다. 이준은 무심코 기숙사 마당으로 들어오는 차량에서 내리고 있는 사람들을 보았다. 앗, 그때 이준의 눈에 주차장 검은 승합차에서 휠체어를 내리는 모습이 보였다.

"할머니다!"

이준은 달려나갔다. 부모님이 할머니를 모시고 온 것이다. 이준은 할머니가 차에서 내리는 것과 휠체어 타는 걸 도왔다.

"할머니, 잘 오셨어요."

이준은 눈시울이 붉어졌다. 할머니 건강이 안 좋아 보였기 때문이다. 하지만 이내 눈물을 감추고 어리광을 부리면서 가족과 함께 기숙사 입구로 들어왔다.

"여기는 남학생들이 사는 데고, 건너편은 여학생들이 사는 곳. 제 방은 305호예요. 이따 안내받으세요. 지금은 라운지만 오픈했어요. 거기서 안내 들으셔야 해요."

정음은 단란해 보이는 이준의 가족들이 부러웠다. 이준의 집 형편도 그렇게 좋은 것 같지는 않았다. 그런데도 집안 분위기가 좋았다. 정음은 자신을 되돌아보았다. 너무 몰아붙이고 살고 있는 건 아닌지. 정음은 저만치 기숙사 마당에서 웃고 떠들고 있는 동생들에게 음료수와 간식을 가져다주었다. 그래도 여기까지 대중교통 타고 와준 가족들이다. 고마웠다.

정성은 어르신 기사에게서 뒤늦게 연락을 받았다. 기숙사 웰컴 파티를 한다는데 같이 가보자고 했다. 처음에는 거절했지만 거듭 권해서 고민 끝에 승낙했다.

기숙사에 사는 아들에게 무슨 물건이 필요할까 고민하다가 '기숙사 선물'이라고 검색을 해보고 가습기, 이불로 품목을 정했다. 곧 겨울이 다가온다. 두툼한 차렵이불이 좋을 것 같았다. 정성은 어르신 기사와 약속 시간 전에 이불 매장으로 달려갔다.

매장 직원이 다가와 상품을 안내했다.

"겨울 대비용으로 이 이불도 좋아요. 가격대는 좀 있지만 양털 이불이라서 무척 따뜻하답니다. 어느 분이 쓰실 건가요?"

"제… 가족이요."

"부모님이신가요?"

"아뇨, 아들입니다. 기숙사에 살아서요."

"어머나, 무척 자상하신 아버지세요. 이 이불로 하세요, 아무리 기숙사 난방 시설이 잘되어 있어도 집 떠나 있는 학생들은 추위 타면 힘들죠."

직원은 정성이 고른 푸른색 이불을 압축 진공 포장하여 손잡이가 달린 가방에 넣어 건넸다. 정성은 중간에 마트에 들러 가습기도 샀다. 두 상품을 오토바이 뒤에 줄로 칭칭 감아 고정하고 기숙사로 향했다.

기숙사 마당에 도착하니 어르신 기사는 양복을 입고 스쿠터 근처에 서 있었다.

"이 실장, 어서 와. 뭘 바리바리 싸 들고 왔네. 나는 빈손인데. 궁금해서 가보자고 했어. 우리 송차 카페 식구들이 어떻게 사는지 궁금해서."

"어떻게 소식 들으신 거예요?"

정성이 물었다.

"그냥 카페에 배달 음식 가지러 갔다가 경이준 매니저가 통화하는 걸 들었어. 파티에 나도 가도 되냐고 물었지. 허허."

정성은 고개를 끄덕였다. 그들은 기숙사 입구로 향했다. 이준은 휘낭시에와 베이글 등을 빈 접시에 채워 넣다가 저만치 오는 어르신 기사를 보고 달려갔다.

"어르신. 오셨어요? 이 실장님도 오셨네요."

"응, 이준 학생이 지인으로 초대해 준다고 해서 오긴 왔는데… 이 실장은 안 오려다 내가 하도 가자 해서 오긴 혔는디 불편해하네. 우리 와도 되는 거 맞아?"

정성은 고개를 숙이고 있었다. 이준이 살갑게 굴었다.

"그럼요! 훈민 매니저님은 라운지에서 서빙하고 있어요. 편하게 보고 가세요."

이준은 정성을 라운지로 안내하고 입구로 돌아갔다.

정성은 훈민에게 선뜻 다가가지 못했다. 어르신 기사만 다가가 인사를 했다. 정성은 선물 꾸러미를 기숙사 사감에게 건네며 훈민에게 전달을 부탁했다. 누구시냐고 묻는 사감에게 정성은 같이 일하는 사람이라고만 했다. 정성은 먼발치에서 훈민을 보고 발길을 돌렸다. 어르신 기사도 하는 수 없이 발걸음을 돌렸다.

그날 서빙 일을 마친 훈민은 사감에게 가습기와 이불 등 꾸러미를 건네받았다. 뭉클한 감정을 느꼈다. 아빠에게 받은 선물이다. 기숙사 웰컴 파티 이후 훈민은 아빠에게 묘한 감정을 느꼈다. 멀리서 몰래 그를 쳐다보기도 했다. 오토바이 위에서 햄버거 먹는 모습을 보는데 어딘지 모르게 자신과 닮은 것 같기도 했다. 언젠가 한 번은 그가 다리를 휘청거리기에 달려갈 뻔했다. 그냥 돌멩이에 걸린 거였지만 가슴이 철렁했다.

며칠이 지나 정성은 배달 음식을 픽업하기 위해 송차 카페에 들어섰다. 다경으로부터 음료와 간식 봉투를 건네받았다. 훈민은 화장실 다녀오던 중이었다.

정성이 송차 카페에서 나오려던 순간, 어떤 남자 고등학생이 시동이 걸려있던 정성의 오토바이에 올라타 그대로 도주했다. 카페로 들어가려던 훈민이 엇! 하고 달려갔지만 잡을 수 없었다. 헉헉 숨소리를 거칠게 내뱉는 훈민 옆에 정성이 달려와 있었다.

"괜, 괜찮다."

훈민은 화가 났다.

"괜찮긴 뭐가 괜찮아요."

"나 대신 다른 기사한테 배달 부탁하면 카페에 피해 안 가."

"오토바이 대신 이제 뭘 타고 다니실 건데요?"

훈민은 카페로 돌아가 다경에게 일을 맡기고 나왔다. 체대에 다니는 동아리 친구가 있는데 이 근처 고등학교 출신이었다. 훈민은 즉시 친구에게 전화를 걸었다. 오토바이 번호를 알려주고 혹시 학교 선후배 통해서 오토바이 훔쳐 갈 만한 사람을 찾아봐달라고 했다.

훈민은 아빠의 오토바이 번호를 외우고 있었다. 또 쓰러지기라도 할까 걱정이 되었기 때문이다. 오며 가며 주차된 오토바이 번호를 살피곤 했다. 동풍 라이더스 사무실 앞에 오토바이가 잘 주차되어 있거나 배달 가는 모습을 보면 안심하곤 했다.

그날 밤, 훈민은 체대 친구와 함께 일진 고등학생들이 놀고 있는 곳을 찾아갔다. 개천을 가로지르는 다리 아래 모닥불을 피우고 껄렁하게 서있는 학생들이 보였다. 훈민 일행은 그들 앞으로 다부지게 걸어갔다. 훈민은 그들 옆에 있는 자전거와 오토바이를 살폈다.

"뭐야 너네? 뭐 하려 왔어?"

머리가 짧고 키가 큰 고등학생이 다가왔다. 침을 탁 뱉으며 훈민의 가슴을 손가락으로 쳤다.

"야, 뭐하냐고 묻잖아."

체대 친구가 나서서 졸업한 학교를 밝혔지만 그들은 깔깔대면서 웃기만 했다. 훈민은 저만치 주차돼 있는 오토바이로 달려갔다. 아빠의 오토바이가 맞다. 배달 박스에 동풍 라이더스라고 적혀있고 번호가 맞다.

"이 오토바이 훔친 거 맞지."

훈민의 말에 키 큰 학생이 사납게 노려보았다.

"아니? 내 건데?"

"아니야. 우리 아빠 거야!"

훈민이 대차게 나갔다. 훈민과 키 큰 학생이 대치하는데, 갑자기 요란한 오토바이 소리가 났다. 강모솔, 은수경, 어르신 기사가 오토바이를 몰고 이들을 둘러싸고 빙그르르 돌았다. 그들이 오토바이를 멈추고 다가오자 키 큰 학생은 오토바이 키를 던지고 친구들과 내뺐다.

훈민이 물었다.

"어떻게 오셨어요?"

어르신 기사가 대답했다.

"이 동네 작아서 우리는 척하면 척이지. 저 녀석들 다른 라이더스 사무실 오토바이도 훔친 적이 있었어. 이 실장은 신고하지 말자는데 내가 신고하고 왔어. 곧 경찰 조사받을 거야. 저 녀석들 정신 좀 차려야 하는데."

수경이 다가왔다.

"훈민 매니저, 괜찮아요?"

"네, 괜찮습니다."

모솔이 정성에게 연락해서 잠시 후 그가 택시를 타고 왔다. 정성은 머뭇거리는 훈민에게 다가가 말했다.

"고맙다. 신경 쓰지 않아도 되는데…."

"어떻게 신경을 안 써요. 송차 카페에서 배달하려다 도난당한 건데요."

어르신 기사가 다가왔다.

"자자, 지난번에 웰컴 파티인가에서 맛난 거 먹여주고 기숙사 보여준 게 고마워서, 이번엔 우리가 훈민 매니저랑 친구 대접할게. 다 같이 콩나물국밥 먹으러 가자고."

훈민은 친구와 함께 라이더들을 따라 이동했다.

근처 콩나물국밥집에 들어가 식사를 했다. 정성은 훈민의 맞은편에 앉아서 수저를 놓아주었다. 물도 따라 주었다. 훈민은 가슴이 콩닥콩닥 뛰었다. 코가 시큰거리고 눈물이 맺혔지만 꾹 참고 국밥을 떠먹었다.

"뜨겁다. 그릇에 덜어 먹어."

정성은 훈민의 뚝배기에 달걀을 깨서 넣고는 앞접시에 국밥을 덜어서 건넸다. 훈민은 마다하지 않고 먹었다. 모두 조용히 밥을 먹는데 어르신 기사가 나직하게 말했다.

"밥 먹는 모습이나 얼굴이 정말 똑같네. 허험."

수경이 조용히 어르신 기사의 옷을 잡아끌었다. 그는 배시시 웃으면서 입을 다물었다.

여느 때처럼 근무 중간에 휴게 시간을 낸 정음은 골목에 담배를 피우러 나왔지만 참았다. 요즘 들어 금연을 시도하고 있었다. 담배 피운 손으로 음료를 제조한다고 하면 손님들이 싫어할 것 같았다. 물론 니트릴 장갑을 끼고 제조하지만.

잠시 숨을 고르면서 휴게 시간을 즐기는데, 저만치 어르신 기사가 보였다. 그는 쪼그리고 앉아서 휴대전화를 들여다보고 있었다. 정음은 슬며시 웃음이 나왔다. 만화에 나오는 할아버지 캐릭터 같아 보였다. 무슨 만화였더라? 어릴 때 보던 건데.

"어이, 정음 매니저님 우리 담소나 나눌까? 쉬는 시간이면 30분은 쉴 텐데."

어르신 기사의 말에 정음은 카페로 다시 돌아갈까 하다 그것도 별로라 걸음을 옮겼다.

"휴대전화로 뭘 보시는데요?"

정음이 다가와 물었다.

"내 손주들."

어르신 기사는 백일 정도 되어 보이는 아기 사진과 세 살 정도 된 아이 사진을 보여주었다.

"우리 손주들이야. 그런데 우리 애들은 애들 돌보느라 집에 잘 못 와, 허허. 그리고 이건 짜잔. 울 엄마, 아부지."

"헤에. 정말 어르신들이네요. 연세가 어떻게 되세요?"

"두 분 다 구십은 넘으셨지. 그래도 정정하게 요양원에 계셔."

"그러시구나."

"내 나이도 많은데, 엄마, 아부지에 비하면 암것도 아녀."

"그러게요. 그런데 오토바이 배달 다니실 때 힘드시지는 않으세요?"

어르신 기사는 씩 웃으면서 일어났다.

"힘들기도 하지만 자꾸 힘들다 힘들다 생각하면 이 일 못 혀. 그냥 가족사진 보면서 안 힘들다, 난 행복하다 건강하다 여겨야지."

"조심 운전하세요."

"고마우이."

그날 퇴근 무렵, 동풍 라이더스와 송차 카페 식구들이 같이 참여하는 단톡방에 어르신 기사가 다쳤다는 글이 올라왔다. 몇 시간 전에 뵈었을 때는 괜찮았는데…. 정음은 사무실로 음료를 만들어 가져갔다. 가벼운 부상이라고 했지만 걱정이 되었다. 어르신 기사 혼자 사무실을 지키고 있었다. 어르신 기사는 팔에 붕대를 감고 있었다. 정음은 조용히 다가갔다.

"저… 어르신. 이것 좀 드셔보세요."

"아니, 이게 뭐여?"

"훈민 매니저가 개발하는 건데, 마음을 안정시켜주는 엄마표 누룽지 밀크티래요. 시음해 보시라 가져왔어요."

"그래?"

어르신 기사는 음료를 빨대로 쪽 빨아 마시고 눈을 끔벅거리더니 크게 떴다.

"맛나다. 정말로 구수하고. 엄마 생각 나."

"다행이네요. 연령 있으신 분들을 타깃으로 해서 개발했는데 여러 세대에 맞아야 할 텐데요."

어르신 기사는 고개를 끄덕였다.

"이건 맛있어서 젊은 사람도 나이 든 사람들도 좋아할 거여. 고마워. 나 다쳤다고 와 본 거여?"

"아, 아니요. 그, 그냥요…."

"괜찮아, 맨날 갑옷처럼 보호대 차고 다니잖아. 엑스레이 찍어보니 팔에 타박상 입어서 다음 주에 붕대 풀면 된대. 걱정 말어. 송차 카페 배달에는 아무 지장 없게 할 거야."

정음은 어르신 기사가 괜찮은 걸 확인하고 동풍 라이더스 사무실을 나왔다. 예전에 정음을 귀여워하던 할아버지가 생각났다. 시골에 놀러 가면 우리 장손녀 왔냐며 업고 다니면서 채송화, 민들레를 꺾어 꽃반지 만들어 주던 할아버지였다. 할아버지가 돌아가실 때 정음은 펑펑 울었다.

정음은 미소를 지으면서 카페로 돌아와 훈민이 제조해 냉장고에 넣어놓은 마음을 안정되게 해주는 엄마표 누룽지 밀크티를 맛보았다. 정말 시골 할아버지가 생각나게 하는 추억 돋는 음료였다. 야심차게 시작한 엄마표 누룽지 밀크티는 시험 준비에 지친 학생들에게 안정감을 주는지 '안정을 주는 음료'로 입소문을 타면서 그달의 베스트 음료로 등극했다.

깊어 가는 가을, 깊어 가는 갈등에는

무알코올 막걸리 (feat. 군밤)

기숙사 라운지에서 송차 카페 긴급회의가 열렸다. 여름이 지나 선선한 바람이 불자 매장 영업 이익이 점점 떨어지고 있기 때문이다. 정음과 다경이 먼저 와 있었고, 훈민과 이준이 도착했다. 이준의 손에는 트렌드를 소개하는 책이 들려 있었다.

"미안해요, 조별 과제 때문에요."

정음은 회의를 개최했다.

"오늘은 피피티 없이 그냥 구두로 회의를 해볼까 해요. 아시다시피 매출이 형편없이 떨어졌어요. 물론 음료 시장은 계절을 타는 게 정설이지만요. 이준 님 아이디어 있나요? 트렌드 관련 책 얘기도 해주세요. 우리도 배울만한 점이 있어야죠."

이준은 목을 가다듬고 찬찬히 이야기했다.

"사실 우리 카페는 구조가 좀 특이하죠. 사장님이 매장을 알바나 직원에게 전부 맡기는 오토 매장도 아니고, 지분 사장이라는 동맹하에 경비를 제하고 나누어 갖는 구조입니다. 그러다 보니 아무리 일하는 시간을 늘려도 매출에 따라 가져가기 때문에 어떤 때는 일한 시간만큼 월급이 나오지 않기도 합니다."

다경은 심각한 얼굴로 고개를 끄덕였다. 이준은 말을 이어 나갔다.

"실제 주인인 송 사장님은 비는 시간에 잠깐 나오셔서 그 시간만큼 알바비를 가져가십니다. 우리보다 마음이나 몸은 더 편하실지도요. 문제는 여기에 있습니다. 우리는 시험이나 과제에 시달리면서, 동시에 카페 이익을 높이기 위해 열정과 몸을 갈아 넣고 있다는 거요."

정음이 이준의 말에 수긍하며 물어보았다.

"이준 님, 그럼 대안이 있으신가요?"

"대안은 아니지만 하고 싶은 말은 할게요. 솔직히 훈민 님은 여기서 개발한 시그니처 레시피를 정리하고 여기 활동을 기록하면 나중에 식음료 회사에 지원할 때 스펙이나 포트폴리오로 가져갈 수 있습니다."

이준의 말에 훈민이 말했다.

"그건 이준 님도 경제학과니까 가능하시지 않을까요? 여기서 진행했던 마케팅 활동이나 성과를 정리하면 회사 취직 관련 이력서나 자소서 쓸 때 유리하잖아요?"

"제가 아직은 아이돌 지망생거든요. 카페 일한 경력은 중요하지 않죠."

다경이 조용히 손을 들었다.

"저기요, 저도 할 말 있어요. 아까 이준 님이 저희 엄마는,

아니 송 사장님은 알바비를 가져가시니까 오히려 편하다고 말씀하셨는데요."

"오, 그런 뜻은 아니에요. 그냥 우리가 갈아 넣는 것에 비하면 편하다는…."

다경이 급발진했다.

"그러니까요. 엄마도 병원 치료 다니시면서 우리가 시험이나 과제, 행사로 바쁠 때 어렵게 도와주시는 건데 그렇게 말하면 섭섭해요."

"다경 님, 그런 뜻은 아니에요. 죄송합니다."

정음이 손을 들어 분위기를 환기시켰다.

"자자, 좀 과열된 듯합니다. 이러려고 잡은 회의가 아닌데요."

이번에는 이준이 정음을 직시했다.

"사실 제가 영업 이익 문제 말고도 오래전부터 내고 싶었던 의견도 있는데요."

"네. 말씀하세요. 오늘은 그러려고 만든 자리니까요."

이준은 목청을 가다듬고 말했다.

"솔직히 추석 때 본가 가는 문제 때문에 다들 매장 문 열고 닫는 시간이나 일하는 날짜에 예민했잖아요."

"네? 그래서 제가 교통 정리를…."

"정음 님, 저는 바로 그게 문제라고 생각한 지 꽤 됐어요.

왜 모든 일에 정음 님이 앞장서려고 하죠? 우리 모두 상하 관계가 아니라 동등한 관계 아닌가요?"

정음이 충격에 빠져 눈을 크게 떴다. 말문이 막혔다.

이번에 훈민이 입을 열었다.

"누군가 의견 내거나 회의 진행을 안 하면 일이 안 되잖습니까?"

"그래요? 그럼 그 생각은 저만 한 건가요? 다경 님, 아까 이야기는 죄송해요. 이 문제에 관해서는 어떻게 생각하시죠?"

다경은 조용히 입을 열었다.

"솔직히 그런 점이 없지 않아 있어요."

정음은 놀라서 다경을 보았다.

"다경…님?"

"그, 그냥 그렇다고요."

다경은 작은 목소리로 말했다. 이준은 이때를 놓치지 않았다.

"저만 그렇게 생각한 건 아니네요. 성격이 강한 것은 이점이죠. 하지만 상대방의 의견을 들어보기도 전에 강요하는 것은 좋은 점이 아닙니다. 저는 그렇게 생각합니다."

그날 회의는 그렇게 끝이 났다. 개선점이 나오기도 전에 다들 서로 상처만 주고 끝난 것 같았다. 정음은 편의점에 간다는 핑계로 홀로 걸어갔다. 다경 혼자 기숙사 방으로 돌아갔다.

편의점에서 바나나 우유를 두 개 사서 돌아온 정음은 하나를 다경의 책상 위에 놓았다. 다경은 샤워 중이었다. 샤워를 마친 다경은 잠 잘 준비를 하고, 정음은 공부를 시작했다. 전공책을 펼쳐 놓았지만 눈에 들어오지 않았다.

"나 잘게."

다경의 말에 정음은 아무 말도 하지 않았다. 그리고 과거의 자신을 돌아보았다.

'다경을 불편하게 했었나? 내 성격이 너무 셌나?' 그 답은 '노'이기도 하면서 '예스'이기도 했다. 다경이 의견을 내놓기 전에 정음이 먼저 답을 내놓았다. 방에서 쓸 휴지 등 소모품은 필요할 때마다 정음이 구매하고 반반씩 부담했다. 기숙사 소등 시간에도 누군가는 공부할 수 있기 때문에, 자는 쪽이 안대를 하기로 했다. 그것도 정음이 먼저 낸 아이디어였고 다경은 따라왔다. 전공 공부에 바쁜 정음은 늦게까지 공부를 하고 다경은 안대를 끼고 뒤척이면서 잤다.

서로 시간표를 파악해서 늦잠을 잘 것 같으면 서로 깨워주자는 규칙도 알고 보면 정음을 위한 것이었다. 다경은 늦잠을 자지 않는 편이었다.

정음은 식겁했다. 그리고 옆으로 돌아누워 자는 다경을 보았다. 아마도 그동안 다경이 많이 참았을 것이다. 웃는 모습과 사근사근 말하는 모습만 보여주는 친구다.

'이럴 수가. 이건 정말이지 생각지 못한 대반전이다. 왜 다경이는 그때마다 나에게 말을 하지 않았을까. 아니, 내가 다경이에게 말할 시간을 주기는 했던 걸까?'

정음은 전공책에 얼굴을 파묻고 한숨을 쉬었다.

서먹한 관계가 된 지 며칠이 지났다. 평소에는 카페 안에 음악과 웃음, 수다가 흘러넘쳤는데 요즘에는 정적만 흘렀다. 가끔 정음과 이준은 다투기도 했다. 서로 할 일이 제대로 되어 있지 않거나 마감 시간에 할 일을 안 하고 있다는 등의 다툼이었다.

특히 마감에는 모든 기계와 싱크대를 철저하게 닦고 쓰레기 정리를 해야 하는데, 그간 서로 도와가며 했지만 싸운 뒤에는 서로 네 일이라며 미루고 탓하기 바빴다. 이준과 정음은 매장에 손님이 들어오면 말다툼을 멈추었다가 손님이 나가면 다시 시작했다.

그 모습을 본 송미선은 밤에 다경과 진지한 대화를 나누었다. 송미선은 카페 안에서 분열과 다툼이 일어난 과정을 들으며 슬픈 표정을 지었다.

"다경아, 엄마는 이런 모습을 보려고 카페를 여는 게 아니야. 너희들이 자립하고 사회 일을 경험하게 하고 싶어서 여는 거야. 계속 그렇게 나쁜 감정이 오간다면 이제는 정말 폐업을 고려해 보고 싶어."

다경은 놀란 눈으로 엄마의 이야기를 들었다. 그날 다경은 집에서 자려고 기숙사에 외박 신청을 했다. 엄마는 몸도 마음도 지쳐 있었다.

며칠 뒤 다경은 카페 영업을 지속하기 위해서라도 관계 개선이 필요하다는 내용을 단톡방에 남겼다. 잠시 톡방에 정적이 흐르다가 훈민이 제안했다.

[서울에 새로 생긴 쇼핑몰에 유명한 디저트 가게가 다 들어와 있대요. 다 같이 가보는 걸 제안해 봅니다.]

훈민의 제안으로 그들은 날을 잡아서 서울행 고속버스에 몸을 실었다. 전철로 가는 게 시간이 오래 걸려서 내린 결정이라지만, 버스 안에서는 모두 1인석에 앉아 커튼을 치고 서로 말을 섞지 않았다. 쇼핑몰에 도착해서도 같이 다니기보다 각자 다니면서 제대로 조사를 해보자고 하고 헤어졌다. 각층별로 나누어 혼자 다니기로 했다.

정음은 2층에서 디저트 가게를 조사하다가 힘들어 식당가로 갔다. 조개 미역국을 파는 가게에 들어가 만원이 넘는 돈이지만 주문했다. 생각해 보니 돈을 모으느라 자신에게 제대로 된 영양제 하나 사 먹인 적이 없었다. 보양식이라는 미역국을 입에 가져가 대니 뜨거웠다. 앗 뜨거, 소리가 절로 나왔다. 미역국을 덜어서 식히는데 갑자기 눈물이 쿡 나왔다. 그러자 바로 옆 테이블에서 식사하던 할머니들이 정음을 보았다.

"어구, 학생. 목이 메이나 보다. 물 마셔요."

목에 스카프를 맨 할머니 한 분이 찬물을 떠다 주었다.

"아, 아니요. 그, 그냥요…. 엉엉…."

아이처럼 우는 정음을 할머니들이 토닥여주었다. 정음은 이실직고하듯이 친구와 사이가 안 좋아진 이야기를 했다.

"난 또 뭐라고. 같이 일하는 친구들과 더 잘해보려다가 투닥투닥 싸운 거구만. 별거 아냐. 여기 인생들은 얼마나 전투적으로 사는데. 나는 지난번에 다리에 수술하고 4개월간 휠체어 타고 재활병원에 입원했다니까."

"호호홍, 나는 우리 손녀딸들 봐주느라 오늘 처음으로 시간 내서 여기 온 거야. 육아 문제로 내가 딸하고 얼마나 치열하게 싸우는지 알아요? 인생에서 싸우고 화해하는 그런 과정 없으면, 그것도 적적해."

할머니들은 정음을 다독이면서 조언과 위로를 동시에 해

주었다. 정음은 미역국을 마저 다 먹고, 할머니들에게 인사를 정중하게 한 뒤 일어났다. 알고 보니 할머니 중 한 분이 식사 값을 계산하셨다. 정음이 돈을 이체한다고 했지만 받지 않았다.

"나중에 다른 사람한테 갚아요."

할머니들의 위로를 받고 약속 장소로 갔다. 훈민은 예쁜 디저트 사진을 잘 찍어와서 레시피를 찾아가며 꼼꼼하게 들여다보고 있었다. 다경은 정음이 오자 고개를 슬쩍 떨구었다. 저 멀리 다가오는 이준이 포장해 온 디저트를 모두에게 권했지만, 누구 하나 시원하게 먹지 않았다.

며칠 후, 다경은 피로회복제를 정음의 책상에 포스트잇과 같이 올려놓았다.

정음아, 그간 힘들었지. 미안.

나도 마음이 아팠어.

체력적으로 힘들면 위기 상황이 오나 봐.

우리 다 같이 힘내자.

정음은 도서관에서 자정 너머까지 공부하다가 기숙사 방에 들어왔다가 피로회복제와 포스트잇을 보고 가슴이 뭉클했다. 다경은 안대를 끼고 스탠드 하나를 켜고 자고 있었다.

늦게 들어오는 정음을 위해 불을 켜둔 거였다. 정음은 스탠드를 끄고 창문 커튼을 열고 잠시 고적한 밤하늘의 달을 올려다보았다. 세상 고고하고 도도하게 살아온 자신의 인생이 뭔가 허무했다.

잠든 다경을 보았다. 그간 룸메이트로 자신을 다독여주던 친구 다경이 없었다면 남 앞에 나설 때 자신감도 없었을 것이다. 이토록 소중한 친구. 그런 친구의 마음을 들여다보지 않고 막무가내로 앞장서 나간 적도 있었다. 정음은 미안한 마음에 한참 동안 다경을 바라보았다.

화창한 날, 어르신 기사는 부모님이 계신 요양원 주차장에 오토바이를 세워두었다. 음식 배달통에서 보라색 수국 꽃다발과 두유 한 박스를 꺼내 들고 요양원 건물로 들어가 방문 확인을 했다.

어르신 기사는 5층에 있는 2인실로 갔다. 노크하고 들어가니 머리가 새하얀 할머니와 할아버지가 나란히 누워 TV를 보고 있었다.

"엄마, 아부지!"

어르신 기사는 경쾌하게 외치며 풍당 뛰어들 듯이 병실로 들어갔다.

"엄마가 좋아하는 꽃! 엄마. 수국 꽃말이 뭔지 알아?"

할머니가 환하게 웃으며 수국 꽃다발을 받는다.

"몰라."

"알려줘도 잊어버리셔. 진심이래. 엄마에 대한 나의 진심이 이 꽃이야."

"고마워."

어르신 기사는 할아버지에게 가서 뺨에 뽀뽀했다.

"아부지, 이거 고칼슘 두유인데 맷돌로 갈아서 맛있대. 아침 드시고 나서 하나씩 꼭 드셔."

"싫어. 아껴야 돼. 이틀에 한 번 먹을겨. 네가 사준 건 뭐든지 맛있더라."

"그럼, 그럼. 안 아껴도 돼. 또 사 올게요. 근데 감기 기운 있던 건 어떻게 됐어?"

"괜찮혀. 나았어."

"그래, 그래. 건강해야 해."

어르신 기사는 부모 앞에서 한창 재롱을 피웠다.

송차 카페 식구들은 정기 회의를 해서 단합대회를 다녀오자고 했다. 단풍이 우거진 공원으로 가을 소풍 장소가 결정되었다. 그 이야기를 들은 송미선은 그날 특별히 카페를 봐준다면서 다 같이 힐링하고 오라고 당부했다.

송미선이 싸준 피크닉 가방을 다경의 미니 봉고에 싣고 정음이 조수석에 올랐다. 뒷좌석에는 훈민과 이준이 앉았다. 다경은 말없이 운전했다.

공원에 도착해서 훈민의 제안으로 일대일 피구를 했다. 훈민과 정음, 다경과 이준이 가위바위보로 한 편이 되었다.

가볍게 한 게임 하려던 피구는 쉽게 결판이 나지 않았다. 한참 동안 공을 서로 주고받았다. 시간이 늘어지자 지겹다는 생각에 다들 공을 세게 던지기 시작했다. 치열한 접전이 이어졌다. 요리조리 잘 피하던 이준이 정음이 던진 공에 맞고 아웃되었다. 훈민은 공을 잘못 던지는 바람에 튕겨 나온 공을 자기 몸에 맞고 아웃되었다.

다경과 정음의 시선이 마주쳤다. 정음이 힘껏 던진 공이 다경의 얼굴에 빗맞았다. 다경은 깜짝 놀라 비명을 지르며 주저앉았다. 정음이 게임을 중지하고 다경에게 다가가 얼굴을 살폈다.

"다경아, 미안해…. 정말 미안해. 너한테 함부로 의견도 묻지 않고 모든 걸 정해서…. 엉엉. 다경아, 미안해…."

정음은 다경을 껴안고 울고, 다경도 정음을 꼭 껴안았다. 그렇게 피구가 끝나고 자리를 잡았다. 정음은 다경이 건넨 손수건으로 눈물을 닦았다.

다경은 엄마가 꾸려준 피크닉 가방을 열고 레이스 테이블보를 나무 탁자에 깔았다. 훈민은 여러 재료를 꺼내놓았다.

그리고 무알코올 막걸리를 와인 잔에 따르고 재료를 블렌딩했다.

다경은 피크닉 가방에서 김밥과 샌드위치를 빼서 접시 위에 놓았다. 체크무늬가 그려진 접시가 앙증맞았다. 나무젓가락 대신 싸준 심플한 모양의 포크가 예뻤다. 날도 화창하고 하늘은 드높았다. 나무들 사이로 부는 청량한 바람이 시원했다.

훈민이 입을 뗐다.

"마셔봐요. 시그니처 메뉴로 개발하면 어떨까 싶어 무알코올 막걸리를 사서 연구 중입니다. 이건 무알코올 막걸리에 레몬과 패션후르츠 과즙을 넣어본 것인데요. 시음해 보세요."

이준이 마지못해 와인 잔을 들고 마셔보았다.

"으흠, 신맛이 나요. 그런데 처음 마셔보는 맛인데요? 신기하네요."

정음과 다경도 잔을 들어 마시려는데 훈민이 말렸다.

"잠깐! 술은 아니지만 와인 잔에 담긴 성의를 봐서라도 우리 건배합시다."

정음과 다경, 이준이 훈민이 든 와인 잔에 잔을 가져가 댔다. 쩅하고 잔 부딪는 소리가 났다.

"미안해요. 그간 메뉴 개발하느라 배달 주문이 들어오면 여러분들이 일을 더 열심히 해도 그런가 보다 했어요. 난 개발하는 사람이니까, 좀 쉬었다 일해야지 하는 마음도 있었고요."

다경이 훈민의 말에 볼이 발개지면서 대답했다.

"아니에요, 훈민 님. 훈민 님이 일찍 출근할 걸 믿고 저는 출근 시간에 늦은 적도 있어요. 미안해요…."

이준도 정음을 보고 말했다.

"지난번 기숙사 라운지 회의에서 지적한 거 미안해요, 정음 님. 그날 갑자기 도파민이 흘러넘쳤나…. 말이 너무 심했던 거 같습니다."

정음도 이준을 보고 고개를 꾸벅 숙였다.

"아니요, 생각해 보면 이준 님 말도 맞아요. 저는 충고로 받아들여서 괜찮아요. 오히려 그간 제가 독단적으로 해온 부분이 있는지 생각해 보았어요. 여러모로, 객관적으로 나 자신을 들여다본 계기가 되었어요. 저야말로 모두에게 미안해요."

선선한 바람이 상기된 그들의 볼을 어루만졌다.

훈민이 분위기를 환기시키려 말했다.

"자, 다들 묵은 감정은 버리고 오늘을 즐깁시다. 어서 김밥과 샌드위치 먹어봐요. 아암, 저는 남이 해준 디저트나 밥이 가장 맛있더라고요."

"그런가요, 훈민 파티시에 님."

다경은 웃으면서 훈민이 건네는 김밥을 먹었다.

"다행이에요, 오늘 엄마가 싸준 김밥이 터지지 않아서요. 유치원 때였나 옆구리 터진 김밥 때문에 난처했던 적이 있어서요. 후후."

다경의 너스레에 모두 웃음을 터뜨렸다. 그들은 단풍 구경도 하고, 가을 들꽃도 보고 호수에서 조약돌을 던져보기도 하면서 소풍을 즐겼다.

저녁은 송미선이 비용을 협찬한다고 해서 시내로 나갔다.

"삼겹살 어때요?"

훈민의 제안에 다경이 고개를 저었다.

"저희 엄마, 송미선 사장님이 소고기 쏘신 답니다. 유후!"

이준이 크게 외쳤다.

"그럼요, 소고기도 있고 회랑 초밥도 있는 초밥 뷔페 어때요? 정말 가고 싶어요."

"좋습니다!"

그들은 초밥 뷔페를 배부르게 먹고 나서 2차로 코인 노래방으로 갔다. 아이돌 노래를 부르고 서로 박수치며 환호를 했다. 어깨동무하고 코인 노래방에서 나와 이번에는 네컷 사진을 찍으러 갔다. 방방 뛰고 하트를 그리고 웃기도 하고 눈을 감기도 하면서 즐겁게 사진을 찍었다.

마지막으로 카페에서 마무리를 하려는데, 다경이 휴대전화를 꺼내 들었다.

"그리고 송 사장님이 선물도 쏘신다는데, 신발 안에 양털이 들어서 카페에서 하루 종일 서서 일해도 덜 피곤한 신발

이 있대요. 자, 단톡방에 링크 보낼 테니까 색깔이랑 사이즈 보내줘요. 엄카 가지고 나왔으니까 걱정 말고요."

"헐, 명품이에요?"

이준의 말에 다경이 픽 웃었다.

"카페 규모 아시잖아요. 그냥 기성품입니다."

"아, 알았어요. 나는 올리브그린 270이요."

정음과 훈민도 색상과 사이즈를 골랐다.

코인 노래방과 카페, 네컷 사진값을 모두 합해서 단톡방에 올리고 개인별로 나누어 낼 돈을 알려주었다. 저녁 식사 이후 일정도 모두 송미선이 카드로 결제하라고 당부했지만 카페 식구들이 부득불 나머지 2차, 3차 돈을 내겠다기에 그렇게 했다.

그날 그렇게 대화합의 장을 만들고 다 같이 봉고에 올라서 기숙사로 들어갔다.

훈민은 다음날, 가을철 디저트로 군밤과, 논알코올 막걸리를 이용한 시원한 음료 개발에 들어갔다. 음료가 완성되고 이준이 사진을 찍고, 정음이 디자인해서 배달 앱 메뉴판에 신메뉴로 등록했다. 다경은 입간판을 주문해서 가게 앞에 놓았다.

오늘도 어르신 기사는 자그마한 쇼핑백을 들고 부모님이

계시는 요양원으로 들어갔다.

"엄마, 나 왔어."

"어이구, 우리 아가 이 시간에 웬일로?"

"엄마 아부지 보고 싶어서 왔지. 아부지 주무셔?"

"응 초저녁부터 자네. 우리 때문에 네가 힘들지?"

"아니야. 이거 받아."

어르신 기사는 어머니에게 쇼핑백을 내밀었다.

"뭔데?"

"무알코올 막걸리랑 군밤 파이. 내가 배달하는 카페에서 신제품 나왔다고 줬어."

"어허. 여기 술 안 돼. 큰일 나."

"알코올은 없으니까 아부지 조금씩만 자시게 해줘. 어머니."

어르신 기사는 부모에게 어리광을 부리면서 즐거운 시간을 보냈다.

기숙사 옆 송차 카페

더없이 소중한 우리에게,

무근본 칵테일

미용실에 들른 다경은 오늘도 미용사의 스몰 토크에 시달렸다. 염색한 갈색 머리를 한껏 부풀려 올린 중년의 미용사는 꼬치꼬치 캐물었다.

"엄마, 건강은 어떠세요?"

"아, 지금은 괜찮으세요."

미용사는 다경의 앞머리를 자르면서 또 물어보았다.

"들리는 소문에 공부를 엄청 잘했다던데…."

다경은 헤헤 웃으면서 고개를 숙였다. 미용실을 나온 다경은 인터넷에서 미용 가위를 주문했다. 스몰 토크를 견디기 힘들어서라도 앞머리는 집에서 자르고 옆과 뒷머리는 길러야겠다는 생각이 들었다.

다경은 셔틀 타고 기숙사로 가는 길에 고등학교 시절을 떠올렸다. 내신 성적이 잘 나왔고 모의고사 성적도 안정적이어서 서울에 있는 대학교를 지망했다. 그런데 고3 때 학교 시험에서 실수하는 바람에 갑자기 내신 성적이 곤두박질치자, 스트레스로 인해 수면장애가 오면서 공부에 집중이 되지 않았다. 근육통으로 몸도 아팠다.

결국 수능을 망쳤고 서울에 있는 대학교 대신 지방에 있는 소공대학교 국문과에 지망하게 되었다. 다경은 고등학교 때 내신 1등급을 받은 친구들이 서울에 있는 약대나 간호학과, 경영학과에 진학하고 자신만 지방에 있는 대학교에 왔다는 게 속상했다. 하지만 엄마가 재수는 어떠냐고 의견을 물었을 때 거절했다. 다시는 그 지옥 같은 시절로 돌아가고 싶지 않았다.

다경은 요즘 잠이 잘 오지 않았다. 기숙사에서 정음과 같은 방을 써서 수면 패턴이 다른 것도 있지만 엄마 집에서 잘 때도 마찬가지였다. 일찍 잠자리에 들어서 눈을 뜨고 멍하니 있을 때도 있다. 그렇게 잠든 척하면서 뒤척일 때가 있었다.

수면장애를 개선하기 위해서는 아침에 30분 이상 햇빛을 얼굴에 받아야 좋다기에 오늘 특별히 앞머리를 자른 것이다. 햇빛을 조금이라도 더 받기 위해. 그리고 자기 전에 음식이나 차도 안 먹는 게 좋다기에 실천하려 애쓴다. 하지만 잠자리에 들어 눈을 감고 있어도 정신이 말똥거릴 때가 많다.

고등학교 시절에도 이러다가 낭패를 봤는데…. 은근슬쩍 걱정되기 시작했다. 하지만 엄마에게는 이런 일을 선뜻 말하기가 쉽지 않았다. 다경은 최근 자신에게 스트레스를 주는 상황을 떠올렸다.

얼마 전, 다경은 고등학교 후배들에게 수능 대박 응원도 할 겸 모교에 방문하자는 친구들의 연락을 받았다. 고등학교

3학년 때 담임 선생님도 뵐 겸 가자는 것이었다. 모교 방문을 하기 위해 친구들과 오랜만에 만나는 것은 좋지만 이상하게 기분이 썩 내키지 않았다.

다경은 약속 일주일 전에 자존감을 기르는 훈련을 했다. 잘나가는 친구들을 열등감 없이 만나기에는 노력이 필요했다.

먼저 책상에 앉아서 백지 위에 자신을 정의하는 단어들을 적어보았다.

소심한, 수줍은, 점잖은, 상냥한,
선한, 무난한, 친근한, 조심스러운

먼저 성격을 나타내는 어휘를 적었다.

이번에는 책상 거울을 당겨서 얼굴을 유심히 살펴보았다. 그리고 외모를 묘사하는 단어를 적어보았다.

수수한, 보통 체격의, 친근한, 동그란,
해맑간, 쫑긋쫑긋, 아릿아릿

이런 단어들이 어울렸다. 마지막으로 떠오르는 단어들을 무작위로 써보았다.

덥수룩한, 날름날름, 샐쭉샐쭉, 쪼르르,
번듯번듯, 훤칠하다, 예쁘다, 자신있다, 용감하다, 무표정하다,
뻔뻔하다, 건들거리다, 독특하다, 당당하다, 대범하다 등등등.

누군가 말을 걸면 무표정한 얼굴로 "왜? 왜 불러?" 하고 대답해보고 싶었다. 반듯한 걸음걸이로 당당하게 걷고 용감하게 하고 싶은 말도 다 하고 싶었다. 다경은 거울을 보면서 친구들과 오랜만에 만나 대화하는 시늉을 해보았다. 당당함, 도도함, 시크함, 그리고 대범함을 갖춘 새로운 면을 보여주고 싶었다. 과연 될까 싶었지만 열심히 연습했다.

고등학교를 방문하는 날, 수업을 마치고 서울로 출발했다. 카페는 훈민과 엄마가 맡기로 했다. 다경은 터미널에서 내려서 전철을 타고 학교로 향했다. 가는 도중 친구들과 독서실에서 공부하던 일, 교실에서 수업 듣던 일, 점심 도시락을 같이 먹던 일 등이 떠올라 가슴이 뭉클하기도 했다.

성인이 되어 모교를 방문하다니, 울컥한 감정도 들고 한편 공부하느라 힘들었던 시절도 떠올랐다. 다경은 마음을 다스리기 위해 이어폰을 꽂고 음악을 들으면서 손으로는 허브 초콜릿 밀크티를 만드는 시늉을 했다. 새로운 메뉴인데 레시피를 익히느라 공부를 하는 중이었다.

블렌더 볼에 따뜻한 물 240㎖를 넣고, 초콜릿 파우더 1스푼과 스팀 우유를 넣는다. 그리고 잘 저은 다음 마지막으로 허브를 띄운다. 이번에는 망고 요구르트 제조를 시연했다.

이런 식으로 메뉴들을 만드는 연습을 하면서 가다 보니 어느덧 도착했다. 전철역을 나와서 예전에 살던 동네를 지나치면서 새로 생긴 가게들을 구경했다. 옷 가게들과 시장을 지나 드디어 학교 건물이 멀찍이 보였다.

정문에 도착하니 약대에 진학한 채인이, 경영학과에 진학한 수정이가 먼저 도착해 있었다. 선생님께 드릴 꽃바구니와 후배들에게 나누어줄 하리보 젤리와 과자 등을 소포장한 선물 주머니가 들려 있었다.

다경은 음료를 만들어 주기 위해 작은 아이스박스에 음료를 만들 기본 재료들을 챙겨왔다.

"다경아!"

채인이 반갑게 불렀다. 다경은 정문으로 서둘러 갔다.

"채인아, 수정아. 이게 얼마 만이야."

"어서 들어가자, 선생님 교무실에서 기다리고 계셔."

교무실 문을 열고 들어가자 저만치에 담임 선생님이 앉아 계셨다. 안경을 쓰시고 펌 단발에 밝은 미소의 선생님은 여전하셨다.

"다경아, 채인아, 수정아!"

선생님은 반갑게 다가와 맞아주었다.

"선생님, 정말 오랜만이어요."

꽃바구니를 건네드리고 오랜만에 환담을 나누었다. 선생님은 커피와 녹차, 사이다를 가져다주시고 주변 선생님들에게 제자라고 소개해 주셨다. 선생님의 얼굴에 기쁨이 가득했다. 다경은 문득 찾아오기를 잘했다는 생각이 들었다.

선생님은 세 사람을 반으로 안내하면서, 각자 자기소개를 한 후에 공부 팁이나 전공에 대해 소개해 주기를 부탁했다.

교실로 들어가니 학생들의 환호가 터져나왔다. 모두 초롱초롱한 눈으로 다경 일행을 주시했다.

다경이 앞으로 나서서 인사를 했다.

"안녕하세요, 후배님들. 저는 유다경이라고 합니다. 소공대학교 국문과에 재학 중이고 웹소설을 쓰고 있고요, 송차 카페에서 바리스타 일을 병행하고 있습니다."

다경은 국문과의 전망과 전공과목들을 소개하고 바리스타는 무슨 일을 하는지 설명했다. 학생들이 웹소설 제목을 물었고, 카페에서 하는 일들에 대해 물어보았다. 자존감 훈련을 한 덕분인지 떨지 않고 자신 있게 말할 수 있었다.

질의응답 시간을 마치고 다경은 잠시 교실에서 나와 매점으로 갔다. 스파클링 워터를 여러 병 사서 레몬청과 벚꽃 파우더를 이용해 핑크 레모네이드를 만들어 학생들 컵에 조금씩 따라주었다.

이번에는 채인이 자기소개를 하고 약대의 전망과 자기소개서 쓰는 법, 수능시험 잘 보는 법에 관해 말해주었다. 마지막으로 수정도 소개와 함께 공부하는 팁 등을 설명했다. 박수가 쏟아지고, 소포장한 과자를 나누어 주고 일정이 끝났다. 그리고 수능시험 잘 치라는 덕담을 해주면서 교실을 나와 선생님과 작별 인사를 했다.

수업이 있다는 수정은 먼저 돌아가고, 채인과 다경은 카페에 가서 디저트를 먹기로 했다. 채인은 학교에서 버스 정류장 쪽으로 따라 내려가다가 하얀색 벽돌로 인테리어가 된 카페를 보았다.

"어머, 여기 우리 고등학교 때 있던 카페인데 아직도 있다. 들어가 보자."

테이블마다 하얀색 캐노피가 달린 인테리어가 그때와 똑같았다. 의자도 그네처럼 천장에 매달려 있었다.

"파르페 기억나. 채인아, 너 과일 파르페 시키지 않았어?"

"어, 맞아. 넌 스무디 자주 먹었잖아. 우리 빨리 주문하자."

다경과 채인은 음료와 디저트를 주문하고 수다를 떨었다. 채인은 다경이 일하는 송차 카페를 궁금해했다. 다경은 훈민, 정음, 이준과 함께 지난 1년간 끌고 왔던 이야기들을 풀었다. 채인은 크게 웃기도 하고 박수치기도 했다.

"진짜 대단하다. 나 송차 카페 꼭 가볼게. 시그니처 음료도 다 마셔보고 싶어!"

다경은 스무디를 마시면서 채인에게 물었다.

"채인아, 네 얘기 해봐. 궁금해. 약대 공부 힘들지? 내 룸메 정음이도 간호학과인데 공부가 무척 힘들대."

채인은 파르페에 꽂혀 있는 과일과 빼빼로를 먹으면서 천천히 말했다.

"나 안 좋은 일 있었어. 최근에."

"어?"

"나 전세 사기 당했어."

다경이 눈을 동그랗게 뜨고 채인이를 보았다.

"무슨 전세 사기? 너 서울 집에서 학교 다니잖아."

"아니. 독립하고 싶어서 엄마한테 전세 자금 빌려서 독립했어. 학교 근처 원룸으로. 그런데 그 원룸 건물이 경매에 들어갔어. 집주인이 여러 세입자에게 사기를 치고 도망쳤어. 정말 어떻게 할지 모르겠어…."

다경은 채인의 등을 두드리면서 달래주었다. 채인은 엄마에게 어떻게 말을 꺼내야 할지 모르겠다고 했다.

"다경아, 난 네가 지방으로 대학을 간다고 해서 속으로 걱정도 많이 하고 그랬는데 이렇게 밝은 얼굴로 만날 수 있어서 너무 좋아. 그리고 미안해. 그간 나도 학교 다니느라 바빠서 연락도 제대로 못 하고. 많이 서운했지."

"채인아, 아니야. 나 서운한 거 없어. 오히려 내가 자격지심인지, 열등감인지 모를 그런 감정 때문에 연락을 안 하고 그랬던 거 같아. 미안해, 나야말로. 네가 이런 고민 있는 줄도 모르고. 엄마에게 말씀드릴 때 나도 옆에 있어 줄까?"

"아, 아니야. 어차피 혼자 감당해야 하는 일이야. 걱정 마."

다경은 채인을 위로하고 다독였다.

채인과 헤어지고 다경은 학교에서 가까운 버스 터미널로 향했다. 시외버스를 타고 내려가면서 많은 생각이 들었다. 채인은 수능에서 기대 이상의 대박을 터뜨리면서 명문대학교 약대에 붙어 고등학교 정문에 플래카드도 붙었다. 그래서 늘 자랑스럽고 대단한 친구라 생각했는데 이런 고민이 있을 줄은 꿈에도 몰랐다. 똑똑하다고 인정받았는데 전세 사기를 당해서 더 크게 실망하고 낙담한 것 같았다.

인생은 롤러코스터 같다더니 정말 그랬다. 서서히 올라가며 긴장이 고조되다가 확 떨어지는 구간에서는 정말로 죽을 것 같다. 천천히 움직일 때는 살만하다가 또 떨어지는 구간을 만나면 그야말로 나락 체험이 따로 없다. 그러다 천천히 풀어지면서 출발점으로 되돌아온다.

그러니까 누구나 꽃길과 흙길을 번갈아 걷는 것이다. 봄 여름 가을 겨울이 누구에게나 공평하게 오듯이.

다경은 소심한 자신의 성격이 별로라고 생각한 적이 많았다. 남들과 비교하고 자신이 못났다고 여기기도 하고, 부당하다고 생각하는 걸 입 밖으로 꺼내어 본 적도 드물고 속으로 삼켰다. 이제는 열등감과 헤어져야 할 때 같았다.

다음날 다경은 여느 때처럼 영업 준비를 하는데, 바닥이 질척거렸다. 놀라서 싱크대와 바닥을 살피니 하수구가 막혔는지 바닥이 금세 물바다가 되었다. 다경과 훈민이 미친 듯이 물을 닦아냈지만, 바닥은 여전히 흥건했다.

마침 송미선도 외출 중이었다. 뒤늦게 소식을 들은 정음과 이준도 부랴부랴 송차 카페로 달려왔다. 다경은 2층으로 올라가서 안 쓰는 수건을 전부 가져왔다. 수건으로 바닥의 물을 닦아서 대야에 짰다. 한참을 반복하니 물기가 조금씩 가셨다.

정음이 데이식스 음악을 크게 틀었다. 모두 경쾌한 리듬에 맞춰서 바닥을 닦아냈다. 배관 공사업체가 저녁에 방문한다고 했다. 훈민은 즉시 배달 앱에 '배수 관련 공사 문제로 잠시 쉽니다'라는 문구를 올렸다.

그때, 카페 문이 열리고 이정성이 들어왔다. 그의 손에는 기다란 호스와 각종 장비가 들려 있었다. 그는 말없이 프런트 안쪽 주방으로 들어가 싱크대를 살폈다. 훈민이 다가가 설명을 했다.

"저…, 실장님, 오픈 준비를 하려고 싱크대에서 물을 사용했는데, 하수구가 막혔는지 순식간에 물바다가 됐습니다."

정성은 고개를 끄덕이고는 싱크대 안쪽 배관 속에 호스를 깊게 넣었다. 스테인리스로 된 얇은 호스가 싱크대 배관으로 죽죽 들어갔다. 가다가 막히는 곳이 있으면 넣었다 뺐다를 반복하면서 전진시켰다. 배관 안에서 꾸르르르 꾸르르 소리가 났다. 호스가 길게 들어가다가 또 한 번 막혔다. 이번에도 호스를 뒤로 뺐다가 다시 집어넣었다. 뭔가 툭툭 걸리는 소리가 났다. 정성은 호스를 다시 집어넣었다. 이번에는 아주 깊게 집어넣을 수 있었다.

"싱크대 물 틀어봐요."

정성은 호스를 배관 밖으로 빼내면서 말했다.

훈민이 수도꼭지를 틀었다. 물이 콸콸 나왔다. 정성은 몸을 굽혀서 배관 아래를 살폈다. 물이 빠져나가는 소리가 크게 들렸다. 그리고 누수가 되는지 꼼꼼하게 살폈는데 괜찮았다. 작게 고개인사를 하고 호스를 챙겨서 카페를 나가려는 정성을 훈민이 붙잡았다.

"고, 고맙습니다. 잠시만 기다려 주세요."

훈민이 블랙 밀크티를 만들어 건넸다.

"고맙다. 훈민아…."

정성의 목소리가 떨리고 눈시울이 붉어졌다. 그는 음료를 들고 카페를 나갔다. 다경은 송미선에게 누수를 해결했다고 전화했다.

이준과 정음, 훈민과 다경은 물걸레를 빨고 바닥을 정리하고 나서 의자에 앉아 쉬었다. 다경은 수건을 들고 2층으로 올라가 세탁기에 넣었다. 세제를 풀고 세탁기 뚜껑을 닫으면서 잠시 한숨을 돌렸다. 진상 손님보다 더 무서운 역류였다. 하수구가 막히면 가게도 열 수 없고 공사가 완료되기 전에 마음을 놓을 수 없었다.

다경은 이러저러한 일들로 녹초가 되어 그날 밤 침대에 누워 바로 잠들어버렸다.

다음날, 수업 가기 전에 웹소설 연재 사이트를 들어가서 독자들 반응을 살폈다. 그런데 다경이 쓴 웹소설에는 엄청난 악플들이 달려 있었다.

[우와, 이거 작가님이 쓰신 거 맞나요? 그냥 지나가던 사람이 쓰는 거 같은데. 총체적 난국입니다. 구성도 캐릭터도 문장도 엉망입니다. 글 쓰는 거 그냥 관두는 게

세상에 이로울 듯...]

[이 작품 쓴 사람 정말 이상하네요. 재미도 감동도 없는

걸 왜 연재하지? 웹 낭비라고요!]

[다른 직업을 찾아보시길…….]

다경은 악플들을 보고 놀라서 손이 덜덜 떨렸다. 마침 샤워를 마치고 나온 정음이 수건을 걸어놓고 다경에게 다가왔다.

"다경아, 무슨 일이야?"

"이, 이거 봐봐."

정음은 악플들을 보고 놀랐다. 스크롤을 올리다가 한숨을 쉬었다.

"너무 신경 쓰지 마. 그건 저 사람들 생각이야. 난 네가 쓴 작품들 다 읽었는데 재밌고 괜찮았어."

다경의 눈에서 눈물이 또르르 흘러나왔다.

"정음아, 난 뭘 해야 할지 모르겠어. 너는 전공 살리면 되는데, 나는 작가로서 재능도 없나 봐. 이제 무엇을 어떻게 시작해야 하지…."

다경은 정음의 손을 잡고 울었다. 정음이 다경을 안아 주었다.

"아파하지 마, 다경아. 우리는 지금 버스를 타고 겨우 정류장 몇 개만 왔을 뿐이야. 다음 정류장으로 가려면 버스에 다

시 타야 해."

다경은 정음을 보았다. 눈물을 훔치면서 시선을 마주쳤다. 정음이 진지하게 말했다.

"우린 지금이 인생의 한 페이지가 될 수 있게 최선을 다하는 수밖에 없어. 내가 좋아하는 데이식스 노래 가사에 나오는 말이야. 먼 훗날 노인이 됐을 때, 송차 카페에서 일한 추억은 내 청춘의 한 장이 될 테니까."

다경은 눈시울이 붉어지면서 배시시 웃었다.

"그럴까."

"응."

다경과 정음은 미소를 지으면서 서로를 바라보았다. 열어놓은 커튼으로 환한 햇빛이 들어와 이들을 비추었다.

수경은 그간 모솔, 재준과 애니메이션 영화를 보기도 했다. 두 남자는 팝콘을 좋아해서 끊임없이 먹었고, 수경은 그런 그 둘을 웃으면서 지켜보았다. 키즈 카페에 가서도 모솔은 재준과 잘 놀았다. 어릴 적에 제대로 놀지 못했다면서 진심으로 즐거워했다.

둘은 아무런 말도 하지 않았다. 둘 사이의 관계 정립에 대해서는 말을 아꼈다. 수경은 모솔을 지켜보고 싶었다. 과연 미래를 약속할 수 있는 사이일지 충분히 고민해보고 싶었다.

급하게 한 첫 결혼은 결과가 좋지 않았다. 하지만 재준이를 얻어 행복하게 살고 있다. 결혼을 다시 하게 될지는 모르겠지만 행복을 깨는 일이라면 굳이 하고 싶지 않았다. 하지만, 감정이 깊어지고 재준이도 받아들일 수 있는 시기가 되면 한 번은 생각해 보고 싶었다. 처음에는 그를 완강하게 거절했지만, 같이 차를 마시면서, 사무실에서 마주치면서, 그리고 재준이와 함께 만나게 되면서 소록소록 내리는 비에 젖어 들듯 그를 마음속에 들여놓았다.

잠든 재준을 모솔이 침대에 눕혔다. 수경은 고마운 마음에 차 한 잔을 대접했다. 부엌 식탁에 앉은 모솔은 구석에 놓인 사진 액자를 유심히 보았다. 친정 부모님, 재준과 수경이 찍은 사진이었다.

"부모님 인상이 선하세요. 아버님 닮으셨는데요?"

"그런가요?"

"재준이도 그렇고요."

"후후, 잘 모르겠어요. 저, 모솔 님….."

수경은 눈을 마주치면서 진지하게 그간의 심경 변화와 함께 앞으로 무언가 변화를 이끌어 내기보다는 지금처럼 곁에서 보았으면 좋겠다는 말을 조심스레 꺼냈다. 모솔은 고개를 끄덕이면서 웃었다.

"사실은 어르신 기사님이 우리 무슨 관계냐고 물어보신 적 있어 정말 놀랐어요."

"헤에. 정말요?"

수경이 깜짝 놀랐다.

"네. 역시 사랑이랑 재채기는 숨길 수가 없나 봐요."

모솔은 사랑이라는 단어를 내뱉고 얼굴이 벌게졌다. 수경도 볼이 빨갛게 되었다. 모솔은 손가락을 천천히 내밀어 수경의 손등을 어루만졌다. 그리고 얼른 손을 컵으로 가져갔다. 수경은 어색함에 일어나 TV를 컸다. 마침 드라마가 하고 있었는데, 연인의 로맨틱한 장면이 나오자 수경은 얼른 TV를 껐다.

정적이 흐르고, 모솔은 가봐야겠다면서 일어났다. 수경은 일어나는 모솔의 뒤로 가서 아주 가볍게 백허그를 했다.

"고마워요. 나 다시는 이런 감정 없이 평생을 아들하고 둘이 살 줄 알았어요. 그런데…. 모솔 님 같은 좋은 분이 나타날 줄은 몰랐어요. 그냥 잠시 이런 정도의 만남만 가져요…."

모솔은 천천히 돌아서 수경과 눈을 마주치고 가볍게 포옹했다. 그리고 고개를 꾸벅 숙이고 현관으로 향했다.

송차 카페 정기 회의가 열렸다. 주요 안건은 레시피 개발과 매출 증대였다. 그리고 서비스 개선과 진상 손님 대책도 안건으로 올랐다. 여러 의견이 오가고, 다들 수업과 조별 과제 등을 피해 다시 근무 시간표를 짰다.

회의가 끝나고 정음은 한탄했다.

"스트레스 엄청나요. 학점도 그렇고 카페도 그렇고. 그런데 풀 데가 없어요."

이준도 수긍하는 듯 고개를 끄덕였다.

"맞아요. 아, 우리 언제 날 잡아서 회식 갈래요? 클럽으로요."

다경과 정음이 눈을 동그랗게 떴다.

"클럽이요? 가본 적 없긴 한데…."

다경의 말에 이준이 웃었다.

"정말요? 별거 없어요. 같이 가요."

정음과 다경이 입을 모았다.

"언제요?"

"뭐 훈민 님도 같이 가죠?"

훈민은 지난번 무소음 클럽이 생각나 미소만 지었다. 이준이 픽 웃었다.

"무소음 말고 진짜요."

이준은 말을 마치고 즉시 휴대전화로 검색을 하더니 난색을 표했다.

"오, 그런데 우리 학교 주변에는 거의 클럽이 없네요. 역시 홍대나 강남에 주로 있나 봐요."

다들 그럼 그렇지 하는 얼굴로 실망하는데 이준이 손가락을 들어서 아니라는 제스처를 취했다.

"아직 실망하기는 일러요. 여기 뉴댄스 클럽이라는 데가 있기는 한데 가볼까요?"

며칠 지나 카페 저녁 장사를 송미선이 하기로 하고, 네 사람은 한껏 차려입고 전철역에서 만났다. 입고 온 외투를 벗자 꾸미고 꾸민 스타일이 드러났다.

다경은 미니스커트에 부츠를 신고 머리는 고데기로 펴서 내렸다. 그리고 펄이 들어간 아이섀도와 살구색 립틴트를 발랐다. 정음은 콘택트렌즈를 착용하고, 얼굴에 아이라인을 짙게 그리고 브라운 틴트를 발랐다. 볼에 블러셔를 발라서 입체 화장을 했다. 부츠컷 진에 크롭톱을 입었다.

이준은 청바지에 흰 셔츠를 입고, 머리는 쉼표 머리로 스타일링 했다. 훈민은 화이트 진 재킷을 입고, 잘 다린 면 팬츠를 입었다. 머리는 왁스로 넘겼다.

다들 멋을 낸 모습에 쑥스러워하기도 하고 쿡쿡 웃기도 했다. 이준이 길찾기로 클럽을 찾아갔다. 이준은 클럽에 거대하게 서 있는, 맥주 기본 39,500이라고 적힌 안내판에서 깜짝 놀랐다.

"오잉. 여기 우리 또래가 아니라 중장년들이 가는 성인 나이트 같아요! 잘못 왔어요."

정음이 아쉬워하다가 제안했다.

"뭐 어때요? 들어가 봐요. 춤추는 곳인 건 똑같잖아요. 서울까지 가려면 2시간 넘는다고요."

"하는 수 없죠. 우리도 성인이니까 그럼 들어가 봐요."

안으로 들어가니 '돼지 엄마'라는 이름표를 단 머리가 희끗희끗한 웨이터가 다가왔다.

"오마, 애기들이 왔네. 대학교 뒤풀이 왔구먼. 어서들 와."

다경 일행은 웨이터가 안내한 자리에 앉아서 맥주 기본을 시켰다. 90년대 노래가 나오는 가운데, 중년 손님들이 무대에서 신나게 춤추고 있었다.

이준이 고개를 숙이며 작게 말했다.

"아무래도 무대에 못 나갈 것 같아요."

정음이 물었다.

"왜요?"

"적응 안 되니까요."

"우리 맥주까지 시켰는데 무대에 한번 나가봐요. 이렇게 다들 꾸며 입고 왔는데요."

마침, 90년대 노래 메들리가 끝나고 아이돌 노래가 나왔다.

"엇! 이 노래 유명하잖아요. 이준 님 그냥 같이 나가요. 춤 잘 추잖아요."

이준은 다경이 이끌자 하는 수 없이 나갔다. 정음과 훈민도 무대로 올라갔다. 이준은 손동작과 발동작 그리고 셔플 댄스를 가르쳐 주었다.

"이렇게 해봐요. 포인트 동작이 이건데."

정음과 다경은 제법 따라서 했고, 훈민도 처음에는 쑥스러워하면서 리듬에 몸만 조금씩 흔들더니 점차 이준이 가르쳐 주는 동작을 따라서 했다. 이들이 아이돌 댄스를 추자, 주변으로 손님들이 모여들어 박수치며 호응했다.

"어머나 아이돌 그룹이 왔나봐요."

"정말 멋지다."

환호에 답하듯이 이준이 브레이크 댄스를 추면서 무대 중앙으로 나섰다. 박수갈채가 쏟아졌다. 그러다 블루스 음악이 나오자 자리로 돌아갔다.

훈민은 맥주에 소주를 조금씩 섞어 소맥을 만들었다. 다경은 맛만 보고 정음은 홀짝거리면서 마셨다. 소맥을 연거푸 마신 정음이 혀가 짧아진 목소리로 외쳤다.

"송차 카페의 꽃이 누구게?"

이준이 나섰다.

"나요?"

"아니, 다경이. 그런데 왜 송차 카페 꽃이 예쁜지 알아? 다경이니까!!! 헤헤헤."

정음은 다경을 끌어안고 빙그르르 돌았다. 다경이 넘어지려는 정음을 잡아서 안았다.

"정음아 화장실 가자."

정신을 차린 정음이 큼큼 헛기침을 했다. 그리고 가방에서 안경을 빼서 썼다.

"렌즈를 잃어버렸어요…. 헤헤."

정음은 술이 덜 깼지만 아까보다는 나은 컨디션이었다. 마침 〈너에게 난, 나에게 넌〉이 흘러나왔다. 훈민이 노래를 따라 부르고, 정음과 이준, 다경은 어깨동무를 하고 박자를 타면서 노래에 흠뻑 빠져들었다. 다경은 콜라와 얼음 잔을 주문해 정음과 러브샷을 했다. 이준은 다시 무대로 나가서 춤을 화려하게 추고 박수를 받았다. 훈민은 이 모든 광경을 미소를 머금고 지켜보았다.

다음날 근무 시간에 다경을 만난 훈민이 음료를 한 잔 내밀었다.

"어, 무슨 음료예요?"

"시원한 무근본 칵테일 주스입니다. 알콜은 안 들어있구요. 맛 봐요."

"네?"

"술 깨라고요. 후후. 근본 없는 저만의 레시피로 만든 해장

술같은 음료입니다. 마셔봐요. 숙취가 확 깰 테니까요. 송차 카페의 꽃, 다경 매니저님."

다경이 웃으면서 음료를 받아서 마셨다.

"정말인데요? 숙취가 확 가시네요. 호호."

다경은 음료를 다 마시고 테라스로 나와 테이블을 닦다가 잠깐 하늘을 올려다보았다. 정음이 해준 말이 떠올랐다.

'우린 그냥 지금이 인생의 한 페이지가 될 수 있게 최선을 다하는 수밖에 없어.'

다경은 고개를 끄덕였다. '인생의 한 페이지가 될 수 있게.'

내년엔 더 행복할 거야,

귤을 넣은 따뜻한 뱅쇼처럼

송미선은 다경과 고속터미널 지하상가에서 쇼핑했다. 12월 연말 분위기를 내기 위해 크리스마스 트리와 알전구를 사기 위해서였다. 여름과 연말에 음료 장사가 잘된다지만 요즘 같은 불경기에는 그런 말도 전부 옛말인 듯했다. 하지만 그럴수록 마음을 다지기 위해 분위기를 내는 것도 중요했다. 루돌프 사슴이 그려진 쿠션과 트리 장식도 샀다. 다경은 짐을 미니 봉고에 싣고 송미선은 조수석에 올라탔다.

"엄마, 오늘 무리한 거 아니야?"

"괜찮아. 너희들 덕분에 가게 매출이 올랐는데 나도 도와야지. 배달 서비스는 엄두도 안 나던 거였는데, 이제는 제대로 굴러가서 너무 기쁘다. 그런데 저번에 너희들 연말 여행 간다고 했던 거 어디로 갔다 왔어?"

"아 그거? 찜질방. 원래는 근처 야영장이라도 다녀올까 했는데 정음이가 돈 모아야 된다고 하기도 하고 이준 님도 오디션 보러 간다고 해서 그냥 찜질방 가서 밤새 회의하고 공부도 하고 그랬어."

"뭐어? 난 어디라도 다녀온 줄 알았지."

"괜찮아. 나름 보람찬 시간이었어요."

송미선은 다경에게 들은 이야기가 며칠간 신경 쓰였다. 매니저들이 연말 여행을 전철역 근처 찜질방으로 다녀왔다는 사실이 속상했다. 딸 다경만 해도 여행다운 여행을 가본 지가 오래되었다.

송미선은 고민에 고민을 거듭하다가 다경에게 연락했다. 혹시 가고 싶은 여행지가 있느냐고 물어보니, 예전에 정음이 말했던 식스센스 야오 노이 리조트에 가보고 싶다고 대답했다. 송미선은 여행 상품을 찾아보았다. 고급 리조트라서 가격대는 있었지만 아주 못 갈 정도는 아니었다.

한편, 마침 카페에서 잠깐 쉬고 있던 어르신 기사가 송미선과 다경이 전화 통화하는 것을 들었다.

"송 사장님, 직원들하고 해외 여행하는 거여?"

"네, 어르신. 우리 딸도 그렇고 해외 나가본 지가 4년은 더 됐거든요. 제가 보조를 해서 학생들하고 갈 수 있는 방법을 모색해 보려고요. 카페 배달 서비스가 활성화돼서 매출도 많이 늘었어요. 폐업 위기였던 카페가 이렇게 내년을 바라보고 있잖아요."

"아하! 그거야 우리 동풍 라이더스 식구들도 여기 배달이 뜨면 최우선으로 달려와 그런 것도 있지. 아암."

"잘 알지요. 그 점 너무 고맙게 생각해요, 어르신."

"그나저나 그 여행에 우리 식구들도 끼워주면 안 돼? 나도 그렇고 다들 여행다운 여행을 간 적이 없는데 말이지."

일이 점점 커져서 동풍 라이더스 사무실에서도 송차 카페 식구들과 해외여행을 같이 가자는 의견이 나왔다.

훈민은 12월 맞이 새로운 연말 음료를 고민 중이었다. 그러다가 카페 구석에 놓인 귤 상자에 시선이 꽂혔다. 이준도 친척 어른이 보내주신 귤을 기숙사 친구들에게 매일 돌렸다. 하지만 그래도 남았다.

"엇! 귤 음료, 귤 간식은 어떨까?"

훈민은 지난번에 사장님이 처치 곤란이라던 와인을 꺼내 보았다. 지인에게 선물을 받았는데 치료 중이라 술을 마실 수 없다는 거였다. 따지도 않은 와인 네 병 정도가 냉장고에 들어있었다. 훈민은 사장님에게 뱅쇼를 만들어 보려는데 와인을 따도 되는지 물어보았다. 송미선은 흔쾌히 허락했다.

훈민은 다경이 출근하자 카페를 맡기고 주방으로 들어가 여러 과일을 꺼내놓았다. 사과를 쪼개고 오렌지도 단면이 보이게 잘라 들통에 넣었다. 계피도 넣고 마지막으로 귤을 까서 가로로 잘라 넣었다. 그런 다음 와인 한 병을 따서 들통에 넣고 콸콸콸 따르고, 인덕션 온도를 조절해서 끓였다. 팔팔 끓기 시작한 뒤에 재료들을 뒤집고 중불로 낮추어 40분 동안 끓였다. 시큼한 포도 냄새와 함께 알코올이 휘발되는 냄새가 났다.

훈민은 머그컵에 덜어서 맛을 보았다. 알코올이 모두 날아가고 과일들은 물컹해졌다. 올리고당을 넣어 단맛을 가미하고 시큼한 맛을 조절했다. 마시기에 꽤 괜찮다는 생각이 들었다.

이번에는 귤 케이크를 만들 궁리를 해보았다. 유명 제과점에서도 귤을 이용한 케이크를 만들어 시판했다. 사과 파이처럼 감귤 파이는 어떨지 고민했다. 여러 레시피와 영상을 찾아보고 방향을 잡았다. 유명 제과 회사에서 나오는 귤 파이를 벤치마킹하되 새로운 모습과 맛을 선보이고자 했다.

귤을 칼로 잘게 잘라서 냄비에 넣고 핸드블렌더로 갈면서 설탕을 넣었다. 한참을 뭉근하게 끓여 귤잼을 완성했다. 이번에는 밀가루 반죽으로 파이 모양을 만들어 칼집을 낸 후 그 안에 귤잼을 넣고 만두처럼 덮었다. 파이에 달걀물을 칠해 오븐에 넣고 190도에서 30분을 구웠다.

훈민은 오븐 장갑을 끼고 노릇노릇하게 익은 귤 파이를 꺼냈다. 열기가 식은 후 아사삭 한 입 베어 무니, 안에서 상큼하고 달보드레한 귤잼이 터져나왔다. 다경이 마침 주방에 들어왔다가 훈민이 내미는 귤 파이를 시식했다.

"어머, 너무 맛있다. 따봉 줄게."

훈민은 환하게 웃었다.

새로운 메뉴가 완성되면 아빠에게 먼저 가져다주고 싶은 마음이 있었다. 그날 오후 훈민은 동풍 라이더스 사무실에 귤 파이를 가져다주었다.

그날 밤, 일을 마치고 사무실로 돌아온 정성은 귤 파이를 받았다. 모솔은 훈민이 만들어 온 거라 일부러 먹지 않았다며 상자째 그에게 전달해주었다.

정성은 스탠드 불 하나만 켜 둔 책상 위의 귤 파이를 한참 들여다보았다. 가슴이 뿌듯했다. 홀로 잘 큰 아들이 멋진 디저트를 만들어 왔다. 지난번에 훈민이 돌려준 후원금이 든 통장은 점점 불어나고 있었다. 언젠가 훈민이가 졸업하고 가게를 차린다고 하면 다시 건넬 예정이다. 그는 상자를 열어서 파이를 조심스레 꺼내 접시 위에 올려놓았다. 휴대전화로 여러 각도에서 사진을 찍었다. 기념사진을 저장하고 싶었다.

예뻤다. 파이 위에 잘 말린 귤 슬라이스가 얹어진 것도 멋졌다. 손으로 집어서 조금 베어 물었다. 상큼하고 달콤한 맛이 입에 감돌았다.

정성은 눈을 감았다. 어릴 적 훈민이가 아장아장 걷던 모습이 떠올랐다. 손을 내밀면 작은 손을 내밀 것 같은 귀여운 아들이었다. 보지 못했던 훈민의 중고등학생 시절 모습도 눈에 보이는 듯했다. 반듯한 소년. 말없이 슬픔을 숨긴 소년.

허공에 손을 내밀어 소년의 아픔을 어루만져 주었다.

정성은 눈을 떴다. 훈민의 진중한 얼굴이 떠올랐다. 그 얼굴에 가끔 뜨는 미소를 몰래 지켜보았다. 그 미소를 지켜주고 싶었다.

정성은 귤 파이를 먹고 그날 밤 정성스레 편지를 썼다. 그리고 다음 날, 송차 카페에 들어가 마침 프런트에 있던 다경에게 전달했다. 정성이 돌아가자, 다경은 주방으로 들어가 파이를 만들던 훈민에게 편지를 조용히 건넸다.

훈민은 편지를 읽었다.

훈민에게

너에게 말을 건네는 것도 어렵지만, 이렇게 편지를 전하는 일도 쉽지는 않구나. 그간 내가 너와 네 엄마에게 한 잘못을 생각하면 가당치도 않은 일이지. 그렇지만 이제는 너와 다정하게 마주 앉아 미래를 말해보고 싶구나.

미안하고 또 미안하다. 네 엄마가 갔을 때 지켜주지 못하고 한국에 들어와서도 얼른 달려가지 않고 지켜보기만 한 게 정말로 미안하다.

너에게 용서를 구하고 싶지만 받아주는 것은 너의 마음이 열렸을 때라고 생각한다.

급하게 다가가지 않고 지금처럼 일을 도우면서 그냥 곁에서 보고만 있겠다.

외가에 연락해서 엄마를 모신 곳을 알게 되었단다. 두 번 찾아갔는데 이번 엄마 제삿날 즈음에 가보려고 한단다. 돌아간 사람도 가끔 생각해주는 누군가 있다면 얼마나 기쁘겠니.

이번 주 일요일 오후에 가보려는데 오고 싶으면 연락을 주려무나.

-아빠가

훈민은 "아빠가"라는 글자를 보자 눈물이 차올랐다.

주말에 정성은 승합차를 몰고 봉안당으로 향했다. 훈민의 연락은 오지 않았다. 2시간 떨어져 있는 봉안당으로 가는 길은 화창했다. 겨울이지만 해가 높게 떠 따뜻하고 바람도 훈훈한 편이었다. 정성은 회한에 가득 차 있다가, 문득 과거에 가족끼리 놀이동산에 놀러 간 추억이 떠올라 웃음도 지어 보였다.

라디오에서는 잔잔한 발라드가 흘러나왔다. 추억을 떠올리고 여러 행복한 상상도 해보다가 훈민이 화를 내고 자신을 거부하던 멀지 않은 기억도 떠올렸다. 모든 게 잘 봉합되어 그저 건강하고 행복하기만을 바랐다. 멀리 있어도 가까이 있어도 가족은 가족이었다. 늘 생각의 한편에 자리하고 있는 아내와 훈민이. 지금은 그들에게 사랑의 감정으로 용서를 구

기숙사 옆 송차 카페

하며 다가가고 싶다.

봉안당에 도착했다. 준비해 온 꽃을 들고 천천히 걸었다. 봉안당 3층 가 구역에 아내가 있다. 계단으로 올라가 가 구역으로 다가가는데, 이미 누가 다녀갔는지 꽃이 달려 있다. 정성은 천천히 다가가 꽃을 살펴보았다. 아내가 좋아하는 스타티스 꽃이다. 정성도 그 꽃을 준비해왔다.

그때 어디선가 저벅저벅 발걸음 소리가 들렸다. 누군가 정성에게 다가왔다. 그는 고개를 돌려 누구인지 확인했다. 훈민이었다. 정성은 그가 다가오자 덜덜 떨면서 손을 내밀었다. 훈민은 그 손을 잡았다.

흠뻑 비를 맞은 느낌이다. 온몸에 물이 흘러내리는 느낌이었다. 정성은 훈민을 안았다. 그리고 그 등을 가볍게 두들겼다. 못난 아비를 받아주는 아들이 고마웠다. 대견했다. 어른 같았다.

"훈민아, 미안하고 고맙다. 이렇게 잘 자라주어서."

훈민은 말없이 정성에게 안겨 있었다.

송미선은 드디어 구체적인 여행 계획을 송차 카페 식구들과 라이더스 사무실 식구들에게 공유했다. 모두의 일정을 받아서 비는 날을 잡았다. 송차 카페 식구들은 기말고사가 끝나는 날 출발하자고 했다. 동풍 라이더스 식구들이 날짜를 맞추어 주기로 했다.

모솔은 평소에 혼자 해외 배낭여행을 자주 다닌다면서 비행기 표, 호텔 예약, 예산, 일정 등을 능숙하게 진행했다. 여권이 없거나 만료된 사람들에게 여권을 재발급하라고 알렸다. 연말에 여행객이 몰리기 때문에, 오히려 중고등학교 방학하기 직전인 12월 중순 평일에는 표가 있을 거 라고 했다. 모솔이 비행기 표 대기를 걸었다. 그리고 취소 표가 나오자마자 예약해서 간신히 라이더스 식구들과 송차 카페 식구들의 표를 구했다.

풀빌라를 빌려 남자 방, 여자 방으로 나누고 인원을 추가했다. 가격은 제법 나갔지만 동풍 라이더스와 송차 카페에서 비용을 대고 개인이 비행기 푯값을 내는 등 여러 방법으로 부담을 덜었다.

여행 가는 날, 새벽에 다들 차를 나누어 타고 캐리어를 실었다. 수경은 모솔과 자신 사이에 재준을 앉혔다. 재준은 꾸벅꾸벅 졸았고, 수경은 모솔과 창밖으로 동트는 광경을 보았다.

비행기가 푸켓에 도착했다. 6시간이 넘게 걸렸다. 리조트에서 보낸 스피드 보트를 타고 40분을 달려 드디어 리조트에 도착했다. 일몰이 시작된 야오 노이 리조트는 그림 같은 집에 드리운 빨간 노을이 무척이나 아름다웠다.

"아름답다."

송미선은 감탄했다. 모두 나란히 서서 캐리어를 옆에 두고 석양을 한참 바라보다 리조트로 들어갔다. 해산물 구이로 저녁을 먹고 다음 날 아침 일찍부터 다들 분주했다.

라운지에 모인 송차 카페 식구와 라이더들은 송미선에게 감사를 표했다. 송미선이 휴대전화를 마이크처럼 들고 입을 열었다.

"모두 1년간 고생하셨습니다. 이 여행은 사실 포상 휴가라기보다는 넓은 견문을 보여주고 싶다는 사장의 바람이랄까요. 제가 아파서 자리를 비운 동안 우리 직원들이 자신의 능력을 최대한으로 발휘해 배달 서비스도 시작하고 시그니처 메뉴 개발도 하는 등, 저 혼자 카페를 운영할 때는 상상도 할수 없는 일들을 해냈습니다. 대단한 일이죠. 물론 거기에는 매출을 극대화해 이익을 가져가겠다는 저마다의 야망도 한몫했을 겁니다. 그런데 카페 식구들이 여행을 찜질방으로 다녀왔다는 말을 듣고 이건 아니다 싶은 생각이 들더라고요. 다경이에게 가고 싶은 여행지가 있냐고 물으니 회의하다가 이 휴양지 얘기가 나온 적이 있다는 거예요. 일이 커져서 동풍라이더스 식구들도 같이 참여를 해주었고 이정성 실장님이 협찬까지 해주셨습니다. 진심으로 고맙습니다. 그리고 1년간 우리 카페 주문이 나오면 먼저 배달을 해주셔서 진심으로 감사드립니다. 내년에도 우리 아프지 말고 건강하게 일해요!"

박수가 터져나왔다. 이후 일정은 다들 각자 즐겼다. 정음은 밀린 잠을 늘어지게 자고 바닷가 해먹 위에서도 잤다. 훈민과 다경은 스킨 스쿠버 강습을 들었다. 이준은 해변가에서 춤을 추었는데, 리조트 직원들이 다가왔다. 그들에게 케이팝 춤을 가르쳐 주었다.

수경은 재준, 모솔과 함께 보트를 타고 놀았다. 어르신 기사는 스파에 가서 타이 마사지를 받았고, 송미선은 수영을 즐겼다. 정성은 바비큐 식당을 알아보았다.

그날 저녁 다들 바비큐 식당에 모여서 해산물 만찬을 먹었다. 정성은 일원들에게 먹을 것을 챙겨주다가 새우 껍질을 까서 훈민 앞에 슬쩍 놓아주었다. 훈민은 작게 미소를 짓고 새우를 먹었다.

식사 후에 모두 바닷가 모래사장에 앉아서 일몰을 바라보았다. 아름다웠다. 누가 먼저랄 것 없이, 〈조개껍질 묶어〉 노래를 불렀다. 어깨동무하고 즐겁게 노래하고 저마다 포부를 외치는 것으로 그날 일정을 끝냈다.

이틀 후 일찍 일어난 다경은 짐을 싸다가 테라스로 나갔다. 떠오르는 태양을 보면서 1년간 있었던 일들을 떠올렸다. 엄마가 입원해서 카페 문을 닫아야 했지만 훈민과 정음, 이준의 도움으로 여러 일들을 겪으면서 지금까지 이끌어왔다. 그 과정에서 동풍 라이더스 식구들과도 협력했고 지금 이렇게 모두가 휴양지에 왔다. 모든 일들이 꿈만 같고, 또 모든 일이 눈 앞에 펼쳐진 아름다운 일출보다 더 판타지 같았다. 하지만 우리는 해냈고 지금 이곳에 와 있다. 내년에는 어떤 재미있는 일들이 송차 카페에 있을까 생각하면서 짐을 다 쌌다.

수경과 모솔은 해가 뜨는 해변을 산책하다가 벤치에 앉았다. 재준은 송미선이 봐주고 있었다.

"다음에는 우리 같이 제주도 가요. 재준이가 아직 한 번도 못 가봐서요."

모솔이 활짝 웃었다.

"정말요? 저도 껴도 되는 겁니까? 렌트나 예약, 운전은 맡겨 주세요."

"아니요. 제가 모실게요, 강 기사님."

"이제 그냥 이름으로 불러주세요…."

모솔은 부끄럽게 말했다.

"알았어요, 모솔 님. 우리 조금씩 천천히 서로 알아가요."

모솔은 고개를 끄덕였다. 수경이 그의 손을 잡았다. 주황빛 태양이 뜨면서 해변의 모래가 반짝거렸다. 윤슬이 아름다웠다. 수경은 미소를 짓고 모솔은 우와, 하며 감탄했다.

정음은 테라스에 앉아 예전부터 점찍어뒀던 병원의 라식 수술 검진 예약을 잡았다. 이제 안경과 콘택트렌즈를 벗어나 편하게 살아야겠다는 마음이 들었다.

훈민은 단체 사진에서 사진과 정성의 모습을 오려내 사진틀에 입혀보았다. 가족사진이었다. 아빠와 찍은 가족사진. 가슴이 뭉클했다. 든든한 백그라운드가 생긴 것이다. 기쁜 일, 아쉬운 일, 행복한 일을 함께 할 가족이 생겼다는 사실이 더없이 든든하게 여겨졌다.

어르신 기사와 정성은 가운을 입고 사우나를 하는데 이준이 랩으로 싼 휴대전화를 들고 들어와 인사를 했다.

"어허, 휴대전화 고장나지 않어?"

"래핑했어요. 사실, 그것보다 중요한 발표가 오늘 나거든요. 그래서 엔터 회사 홈페이지를 계속 새로고침 하는 중이에요."

이준은 땀을 빼면서 휴대전화에 시선을 고정했다. 그러다가 그냥 휴대전화를 뒤집고 수건을 머리에 눌러쓰고 땀을 뺐다. 10여 분 지나 휴대전화를 뒤집어 버튼을 눌렀다.

이준은 갑자기 벌떡 일어나 손을 들어 만세를 했다.

"헐! 대박, 대박이에요."

"어? 무슨 일?"

"붙, 붙었어요! 오디션에 드디어! 비록 2차지만 그래도 처음으로 대형 엔터 2차까지 붙었어요! 축하해 주세요!"

이준은 정성, 어르신 기사와 얼싸안고 사우나 안에서 방방 뛰었다.

집필 후기

이 소설은 20대 대학생들의 푸릇푸릇하고 생동감 넘치는 이야기를 써보자는 마음에서 시작되었습니다. 딸이 1년간 카페 알바를 했습니다. 그 모습을 옆에서 꾸준히 지켜보았습니다. 카페에서 진상 손님을 만나 울었던 적도 있고, 서운한 일도 있고, 물건을 잃어버릴뻔한 여러 가지 일들이 많았습니다. 하지만 동료들과 합심해 카페 영업을 하고 음료를 제조하고 다양한 사람들을 만나면서 살아있다는 느낌이 들었다고 했습니다.

살아있는 느낌은 사람들과의 관계 속에서 극대화됩니다.

눈이 오나 비가 오나 추우나 더우나 늘 일터로 출근하는 사람들의 이야기는 활력이 넘칩니다. 물론 그 안에 들어가면 일이 고되지만 저처럼 혼자 집에서 일하는 사람은 살짝 부러워지는 포인트이기도 합니다.

카페를 배경으로 알바생에서 지분 사장으로 거듭나 최대

한 노력을 하는 청년 대학생들과 그들의 일을 돕는 중장년 라이더스의 아기자기하고 따뜻한 이야기를 해보고 싶었습니다. 그리고 목차마다 하나의 시그니처 음료를 정해서 그 음료의 분위기와 이야기의 줄거리가 합이 맞는 방향으로 구상했습니다.

그리고 과거 저의 대학 생활을 떠올려 보았습니다. 돌이켜 보면 대수롭지 않을 일들이 엄청나게 심각하게 여겨졌고, 친구들 앞에서 숨고 싶었던 적도 많았습니다. 내 옷이 촌스럽지 않은지 생각하게 되고, 과제나 팀플레이를 하면서 내가 바보 같지 않았는지 되돌아보았습니다.

하지만 굽 있는 샌들을 신고 두꺼운 전공책을 안고도 몇 정거장이고 척척 걸어 다닐 수 있던, 체력만큼은 좋은 시절이었죠. 되돌아가고 싶지는 않지만(다시 여러 고민에 빠질 테니까요), 그래도 아름답던 시절입니다. 내성적이던 제 대학 시절이 글 쓰는 내내 떠올랐습니다.

모쪼록 청년들의 고군분투와 중장년들의 아기자기함이 잘 어우러지는 스토리를 재밌게 즐기셨기를 바랍니다.

오늘 무심코 마시는 음료 한 잔에 들어있는 다양한 사람들의 노고를 떠올려 봅시다. 음료에도 많은 과정이 숨겨져 있죠. 그 과정에 우정과 사랑, 인생이 들어있답니다.

그것처럼 이 소설에는 지방 소도시 어딘가에 있을지 모르는 다양한 인물들의 치열한 삶의 과정과 관계가 페이스트리처럼 켜켜이 담겨 있습니다. 음료 한 잔을 즐기듯 이야기를 즐겨주시기를 부탁드리면서, 다음번 김재희 표 힐링 소설 초대장이 도착하거든, 즐거운 마음으로 참석해 주시기를 바랍니다. 마지막으로 가족들, 선후배 작가들, 책과나무 식구들에게 진심으로 감사드리며 이만 마칩니다.

2024년 겨울 작업실에서

김재희

송 차 카 페
CAFE

끝